가상소설
안철수 대통령

가상소설 안철수 대통령

펴 낸 날 2023년 6월 13일

지 은 이 김기수
펴 낸 이 이기성
편집팀장 이윤숙
기획편집 윤가영, 이지희, 서해주
표지디자인 윤가영
책임마케팅 강보현 김성욱
펴 낸 곳 도서출판 생각나눔
출판등록 제 2018-000288호
주   소 고양시 덕양구 청초로 66 덕은리버워크 B동 1708호. 1709호
전   화 02-325-5100
팩   스 02-325-5101
홈페이지 www. 생각나눔.kr
이 메 일 bookmain@think-book.com

- 책값은 표지 뒷면에 표기되어 있습니다.
  ISBN   979-11-7048-572-8(3810)

가상소설

안철수 대통령

김기수 지음

안철수가 대통령이 되어야 하는 10가지 이유

생각나눔

목차

작가의 글

　　작가가 『가상소설 안철수 대통령』을 쓴 이유는 이번 국민의힘 제2차 전당대회에서 대통령실의 불공정 선거 개입으로 안철수 후보가 당 대표에 낙선한 것이 계기가 되었다.

　　그래도 득표율 23.37%를 얻어서 '차기 대권 주자'로 인정받아 절반의 성공으로 여기고, 안철수 후보가 새로 들어온 국민의힘에서 뿌리를 내리고, 뿌리 깊은 나무처럼 바람에도 흔들리지 않고 꽃을 피우고 열매를 맺기 바랐다.

　　하지만 현실은 친윤계가 안철수 분당갑 국회의원을 계속해서 흔들고, 내년 총선 공천을 장담할 수 없다고 하면서 "김은혜 대통령실 홍보수석의 지역구에 세 들어 살고 있으니, 내년 총선에서는 지역구를 비워줘야 한다."라며 조롱하고 있다.

 지난 전당대회에서 윤석열 대통령이 대선후보 단일화에 따른 공동정부 약속도 저버리고, 오히려 윤석열 정권의 '적'이라고 규정하는 적반하장 태도에 더 이상 참을 수가 없어, 안철수 의원이 국민의힘을 탈당하여 신당을 창당하고 내년 총선에서 제1당으로 등극하고, 그 기세로 2027년 대선에서 기호 1번 대통령 후보로 출마하여 제21대 대통령으로 당선되는 꿈을 그리게 되었다.

 그 꿈이 현실이 되었으면 좋겠다.

2023년 봄에

김 기 수

1.

안철수 국민의힘 탈당

정치는 생물이라는 말이 있다. 상황이 언제든 바뀔 수 있고, 어떻게든 변화할 수 있기 때문에 단정하기 어렵다는 뜻이다.

안철수 국민의힘 분당갑 국회의원의 국민의힘 탈당은 '정치는 생물'이라는 정치권의 명제를 다시 한 번 증명했다.

지난 3월달에 끝난 국민의힘 제2차 전당대회에서 보인 윤석열 대통령실과 윤핵관과의 갈등이 끝내 해소되지 아니하여 정가에서는 안철수 의원이 짐을 싸고 있다고 예측된 것이라 볼 수 있다.

국민의힘 제2차 전당대회
당 대표 선거

안철수 당 대표 후보는 대선후보 단일화로 인한 공동정부 약속을 지키려고, '윤-안 연대', '윤석열 정권의 연대보증인'이라는 구호를 앞세워 유세를 시작하였다.

이에 공감한 국민들이 안철수 당 대표 후보를 지지하여 안철수 후보의 지지율이 60%를 넘어가자, 윤핵관 국회의원들은 "요새 빨갱이가 어디 있어요?"라고 한 좌파 언론이 왜곡한 발언을 소환하여 안철수 후보의 정체성을 가지고 공격을 시작했다.

윤 대통령은 안 후보가 국민의힘 정체성에 맞는 인물인지에 대해서도 주변에 의구심을 나타낸 것으로 알려졌다. 대통령실 관계자는 "안 후보는 과거 사드 배치를 반대했고, 간첩 사건으로 무기징역을 선고받았던 고 신영복 씨를 '위대한 지식인'으로 평가했다"면서 "윤 대통령은 안 후보가 과연 자유민주주의 체제에 대한 확고한 신념이 있는지, 근본적으로 같이하기 어려운 사람 아닌지 의구심을 갖고 있다."라고 했다.

이래도 지지율이 내려가지 않자 윤석열 대통령과 한 대선후보 단일화가 대통령 당선에 도움이 되지 않았다고 폄하하고, 안철수 후보가 인수위원장으로 재임 시 하루 업무를 중단한 일을 소환하여 공직을 가볍게 여긴다고 비난하였다.

게다가 이진복 대통령실 정무수석을 국회로 보내 정진석 비대위원장에게 "대통령과 후보가 동격이냐?"며 "'안-윤 연대'라는 단어를 쓰지 말라"고 경고하였다. 이진복 정무수석은 "아무 말도 하지 않으면 아무 일도 일어나지 않는다."라고 하는 모욕적인 언사도 서슴지 않았다.

2023년 2월 26일 안철수 후보는 '수도권 총선 필승을 위한 전략토크쇼'를 개최하였는데, 그때 초대연설자로 나선 고성국TV 고성국은 다음과 같이 말했다.[1]

---

1) https://www.youtube.com/watch?v=kqC6zbclESE

우리가 과거를 잊으면 미래를 제대로 열 수 없죠. 오래된 수십 년 과거도 아니고 1년 전을 우리가 다시 한 번 생각해 봅시다. 많은 우리 자유우파 국민들이 윤석열 대통령을 지지하지만 동시에 고마워했습니다. 고마워했어요. 정권 교체에 이루어졌다 그런데 그게 윤석열의 한 사람의 힘으로 이루어진 정권 교체입니까? 왜 수많은 사람이 정권 교체를 이루어 주었다고 윤석열 대통령한테는 고마워하면서 왜 안철수에게는 단 한 번 고맙다는 말을 안 합니까? 여기 서O수 의원 계신데, 당에서 공식적으로 정권 교체를 이루어준 데 대해서 안철수에게 고맙다는 입장을 표명한 적 있습니까? 답변해 보세요. 뭣들 하는 겁니까?

단일화의 정신은 공동정부 정신입니다. 단일화 합의문이 윤석열, 안철수 공동정부 구성하겠다는 거였고, 그리고 국민의당과 국민의힘이 합당한다는 거였습니다. 그러면 여러분이나 저나 윤석열 정부의 성공을 위해서 모든 걸 다 각오가 돼있는데, 윤석열 정부의 바로 뒤에는 안철수란 이름이 새겨져 있다는 거예요. 그게 윤석열 정부의 숙명이고, 운명이에요. 왜 당에서 바로 윤석열 정부의 출범에 있어서 안철수의 역할을 정확하게 제대로 평가하지 않습니다. 1년 전에 있었던 일조차 새까맣게 잊어버리고 피하고 폄하하고 조롱하고 어떻게 이 윤석열 정부를 성공시키겠다는 겁니까? 저는 이 대목에서 여러분들이 분노해야 된다고 생각해요.

제대로 정신 똑바로 박힌 우리 자유우파 국민의힘의 당원들이라면 윤석열, 안철수 단일화 정신을 훼손하는 단어를 척결해야 된다고, 심판해야 된다고. 1년 전 약속도 지키지 못하면서 어떻게 국민의힘이 국민들에게 각종 공약을 약속을 제시하고 표 달라 그럽니까 내년에. 윤석열 정부는 윤석열 후보와 안철수 후보의 단일화에 기반에서 태어난 정부입니다. 지금의 국민의힘은 국민의 당의 대승적 양보에 의해서 흡수 통일되는 것으로 결론이 지어졌으나 그 정신은 국민의 힘과 국민의 당의 합당 정신에 있는 겁니다. 이게 역사적 사실이에요. 총선 승리가 윤석열 대통령에게나 안철수 후보에게나 여러분이나 저에게나 자유파 국민 모두에게 정말로 절박한 과제로 다가오고 있습니다. 왜냐하면, 지면 다시 정권 뺏길 것이기 때문에 그래요. 지면 식물 대통령 바로 되는 겁니다.

탄핵 안 당한다는 보장 있습니까? 제가 생각하는 총선

승리 안철수 후보는 170석을 제시했지만, 이대로 가면 평론가인 저의 냉정한 시선으로 보면 이대로 가면 130석 간신히 합니다. 우리가 진다고요. 우리가 대통령 하나 바꿨을 뿐이지 무슨 사회 문화 영역에 우리 진지 하나 제대로 구축했습니까? 여기 수많은 언론이 나와있습니다만 지상과 종편 그 어느 곳 하나 노영 경영 해방된 곳이 있습니까? 신문인들 제대로 우리의 목소리를 지금 전달하고 있냐고요. 100만 공무원 중에 문재인 좌파 정권이 알박기 해놓은 자 중에 스스로 물러난 자들이 도대체 몇 명이나 됩니까? 이런 상태에서 우리가 선거 치러야 되는 거예요. 우리가 어떻게 이깁니까? 근거 없는 낙관주의 가지고 낭만적으로 접근해서 또다시 피눈물 흘리게 된단 말이에요. 그래서 지금처럼 안이하게 구태의연한 방식으로 선거 치러서는 안 된다는 거예요. 제가 지금부터 몇 가지 제안을 합니다.

저는 이번 전당대회를 보면서 사실은 절망했어요. 지난 2년 가까이 비정상적인 지도부였습니다. 비대위 아니라 이전에 겉으로는 외형상 정상적인 것처럼 보였을 뿐이지 ○○ 지도부가 무슨 놈의 정상 지도부입니까? 그것 때문에 우리가 얼마나 고생했어요. 단일화를 끝까지 훼방 놓고 방해했던 자들 아닙니까. 그래서 2년 가까운 비정상 시대를 이제 진짜 마무리 짓자고 이번 전당대회 하고 있는 거예요. 이번 전당대회를 통해서 당을 정상화시키고 그것의 상징적 표현으로 정상 지도부를 구축하자는 거예요. 그런데 지금 전당대회 진행되는 꼴을 보세요. 이게 정상적인 정당이 정상적인 전당대회입니까? 오죽하면 ☆☆☆가 그냥 기울어진 게 아니라, 직각으로 서있다고 얘기하겠어요. 자, 저는 그럼에도 불구하고, 우리 국민의힘 당원들의 지혜와 정치 수준을 믿어요.

그런데 어제오늘 뭐 며칠 사이에 여러분들은 듣기 거북하겠지만, 안철수가 여론조사에서 천 머시기한테도 진다는 얘기들이 지금 돌아다니고 있어요. 이런 황당한 비정상이 지금 판을 치고 있다니까. 여러분 말씀대로 진짜 당이 미쳐 돌아간다고. 이걸 바로 잡아야 되잖아요. 최소한 좋아요. 대통령도 사람이니까, 마음속에 누가 좀 됐으면 좋겠다는 마음 가지는 것은 자연스러워요. 그래, 김기현한테 대통령의 마음이 있다. 칩시다. 그러면 이게 공동 정부고 공동 당이니까. 대통령의 마음으로 미는 김기현이가 결선에 올라가면 최소한 안철수도 올라가야 되는 거 아니에요? 그게 정상이지 어떻게 당을 2년간이나 어려움에 빠트려 놓은 ○○○이 ○○○인가 뒤에 그래서 조정하는 아바타 같은 □□□이가 2등으로 들어 올라가냐 이게 정상이냐 말이에요. 그렇게 되면 그렇게 되면 지금 84만 책임당원 절반 이상 탈당할 거예요. 차라리 신당하고 말지.

여기 당일 상임고문 이○오, 오선 의원 서○수 있어요. 재선 의원 이○규 있어요. 그렇게 될 때 여러분 이 당에 남아 있겠어요. 아니면 신당 가겠어요? 대답해 보세요. 어느 쪽에 민심이 있는 거 같습니까? 이 지금 전당대회는 국민의힘에 생사가 갈리는 갈림길에 서있어요. 정상화하지 못하면 여기서 죽는 겁니다. 6년 전 박근혜 대통령 탄핵당한 당회에요, 문재인 종파 좌파 정권 5년 동안에 여러분들 나나 여러분들이나 여기 국회의원 정치인들 언제 잡혀갈지 모르고 얼마나 처절하게 싸웠어요. 그렇게 해서 기적같이 만들어낸 윤석열 정부예요. 기적같이 만들어낸 윤석열 안철수 공동정부라고 이걸 성공시켜야 되는데, 네 지난 전당대회에서의 모습을 보시란 말이에요. 그게 과연 공동정부의 정신이 구현되는 합당의 정신이 구현되는 전당대회였는가 이 말이에요. 이제 여러분들이 유권자인 여러분들이 표심으로 이걸 마지막에 바로 잡아줘야 됩니다.

적어도 안철수가 결선에는 올라가도록 만들어 줘야 이게 정상적인 당의 모습이에요. 제가 십여 년 전에 안철수 후보가 정당 정치권에 들어올 때 모습이 생각이 나요? 그때 새 정치 들고 나왔죠. 정치 개혁 정치 혁명 들고 나왔죠. 십여 년이 지난 지금 이번 전당대회에서 안철수 후보가 당 대표한다. 그러면서 제시하는 공략이 또 그거예요. '공천 혁명을 하겠다, 정치 개혁하겠다, 혁신하겠다.' 조금 전 이○규 의원 계속 그 얘기밖에 안 하잖아. 그거 아니면 우리가 총선에서 승리할 수 없으니까. 십여 년 전이나 지금이나 안철수의 새정치라는 깃발은 여전히 우리 정치권에 꼭 필요한 깃발이다, 이 말입니다.

저는 이 새정치 정치 혁명을 위해서 두 가지를 해야 된다고 생각해요. 하나는 우선 우리 내부에 있는 낡고 구태의연한 밥그릇들 치워버리는 거, 이거 선거 아니면 치울 수가 없어요. 일단 임기 4년짜리 배지 달아두면 그 철밥통들이 스스로 물러나는 법이 없잖아요. 그러니 내년 총선에 우리부터 모든 것을 백지 상태에서 새롭게 그림을 그려서 정말로

21세기 대한민국에 필요한 인재들 중심으로 공천을 채워나가는 전면적인 공천 혁명을 해야 됩니다. 그걸 해야 됩니다. 그거 할 자신이 없으면 안철수 후보부터 당 대표 나갈 필요 없어요. 그거 하려고 나가는 거지, 그거 할 역량이 있다고 나가는 거지 기존의 질서 속에 대표 자리 한 일 년 해먹으려고 나가는 거 아니잖아. 저는 여러분들도 여러분들이 안철수 후보를 지지하는 만큼 안철수 후보에게 끊임없이 그 요구를 해야 된다고 생각합니다. 당 대표되면 당을 완전히 혁신시키고 공천혁명을 이끌어 내, 그래서 선거 혁명을 선거 승리를 이끌어 낼 수 있냐 끊임없이 물어보고 압박해야 된다고 생각해요.

자, 동시에 저는 이번 전대에서 당 대표 후보 네 명, 최고위원 후보 8명에 네 명, 열두 명, 열여섯 명의 후보 중에 제가 이거 한번 검토해 볼 만하다고 느꼈던 공약은 딱 하나 있었어요. 그게 뭐냐? 안철수가 공략한 자객공천이에요. 안철수 후보는 자객을 보낼 더불어민주당 국회의원을 당원들이 선출하도록 맡기겠다고 했는데, 여러분의 마음이나 안철수 후보의 마음이나 그게 그거지 뭐 입에 20명이 아니라 30명. 저는 이것들요, 그냥 암 덩어리라고 생각해요. 이것들 때문에 여의도가 허구헌 날 욕을 먹는 거예요. 이거 도려내야 됩니다. 도려내야 돼요.

 그런데 암 덩어리들이 현역 의원 배지 달고 지난 3년간 열심히 지역 표밭 갈기 갈아왔어요. 현역 의원 특권을 마음껏 누려가면서 후원회 만들고 각종 의정 보고 활동하고, 틈만 나면 통반장 단위로 통반 단위로 조직 다 하고 그러고 다녔어요. 거기다 대놓고 아무나 갖다 박으면서 '당신, 저거 죽이고 와라.' 이게 말이 돼요? 우리도 어느 정도의 실탄을 주고 어느 정도의 지원을 하면서 가서 잡아와라 이래야지 그러려면 일반적인 일상적인 공청 과정을 거쳐선 안 된다는 거예요. 그러니깐 암 덩어리를 제거하기 위한 이 특공대들은 최대한 일찍 이런 거 진짜 실력 있는 사람들로 목숨 걸고 투쟁할 수 있는 투쟁력을 갖춘 사람들로 먼저 공천하고 그리고 그것에 당의 한정된 자원이라도 전략적으로 집중적으로 배치하겠다, 지원하겠다, 이게 공약한 거죠. 그니까 이런 식의 공약이 어느 후보에게서 나왔냐 이 말이에요.

 안철수가 유일해. 홍수가 크게 지고 나면 물이 뒤집혀서 맑아진다 그러잖아요. 우리 내부에도 걸러내고 치료해 낼 쓰레기들이 많아요. 그것은 우리 내부의 공천혁명을 통해서 하고, 다음에 저쪽의 쓰레기 암 덩어리들은 그렇게 자객 공천을 통해서, 표적 공천을 통해서 제대로 수술해 내는 이것은 두 개의 방안이지만 동시에 동전의 양면과 같은 하나의 정치 개혁 방안이다, 이렇게 말씀드립니다. 그리고 정치 개혁을 누구도 엄두도 내지 못한 십여 년 전에 정치 개혁하겠다고 정치판에 뛰어든 안철수가 초심을 변하지 않았다면 마땅히 정치 개혁은 그 안철수에게 맡기는 것이 제일 확실하다, 저는 그렇게 생각합니다.

이렇게 공동정부의 파트너에서 윤석열 정권의 '적'으로까지 몰리는 상황에서도 이를 참고 전당대회 당 대표 선거 유세를 마쳤다. 국민의힘 책임당원들이 집단지성으로 현명하게 판단할 것이라 믿었던 것이다.

하지만 선거기간 막판에 터진 '대통령실 시민사회수석실 행정관들의 전당대회 선거 개입' 사건에는 황교안 후보와 공동으로 기자회견을 하고 대통령실 강승규 시민사회수석을 공수처에 고발하였다. 다시는 이런 일이 없도록 그렇게 만들어야 할 사안이라고 하였다.

2023년 3월 8일에 열린 국민의힘 제2차 전당대회에서 김기현 후보가 53%의 득표율로 당 대표로 선출되고, 안철수 후보는 23.37%의 득표율로 2위에 그쳤다.

당 대표 선거 후기

안철수 후보가 당 대표에서 낙선하고 아쉬움이 많이 남는다. 2023.3.16.자『천지일보』칼럼에 따르면[2]

[시선] "안철수, 세상이 그대를 속일지라도…"

이종철 정치학 박사·고려대 강사

국민의힘 안철수 의원은 왜 당 대표가 되지 못했을까? 사실 지난 대통령 선거 후 많은 사람들은 당연히 안철수 의원이 다음에 당 대표를 할 줄 알았다. 후보 단일화로 결정적인 역할을 하고 인수위원장까지 했으니 대통령과 잘 협력해서 당을 이끌 적임자로 자타가 공인하고 있었던 게다. 그러나 이 같은 초기 분위기는 시간이 가면서 점점 바뀌어 갔

2) https://www.newscj.com/news/articleView.html?idxno=3009794

다. 오히려 나중에는 경계의 대상이 돼 갔다.

안철수 의원은 서운할 수밖에 없다. 지지율도 밀리고 있었다. 하지만 안 의원은 개의치 않았다. 안 의원은 마라톤으로 다져진 정신력답게 당원들을 꾸준히 만나 나갔다. 전국의 지역 당협 행사를 사람이 많이 모이든 적게 모이든 부지런히 찾아갔다. 다른 후보들이, 심지어 김기현 후보조차도 그렇게 하지 못하는 상황에서 바닥을 훑는 안 의원의 모습은 퍽 인상적이었다. 그 진심이 통했던지 지지율은 연말연초 확연히 올라갔다.

그럼에도 불구하고 결국 안 의원이 당 대표가 되지 못한데는 무언가 예상과 달랐기 때문이 아닌가 싶다.

안 의원이 간과한 것이 무얼까. 우선 윤석열 대통령이 그렇게까지 비토를 할 거라고 생각을 못 했을 것이다. 아울러 김기현 후보가 안 의원을 과거 정치 이력을 가져와 마타도어를 할 거라고, 그렇게까지 심하게 할 거라고 생각을 못 한 것이다. 이것은 사실 대통령실과의 합작품이었다. 여기에 언론도 가세했다고 말할 수밖에 없다. 국민의힘 당원들이라면 더더욱 더 큰 영향력을 가질 것이라고 누구나 예상이 되는 『조선일보』의 기사 일부를 인용하면 다음과 같다.

윤 대통령은 안 후보가 국민의힘 정체성에 맞는 인물인지에 대해서도 주변에 의구심을 나타낸 것으로 알려졌다. 대통령실 관계자는 "안 후보는 과거 사드 배치를 반대했고, 간첩 사건으로 무기징역을 선고받았던 고 신영복 씨를 '위대한 지식인'으로 평가했다"면서 "윤 대통령은 안 후보가 과연 자유민주주의 체제에 대한 확고한 신념이 있는지, 근본적으로 같이하기 어려운 사람 아닌지 의구심을 갖고 있다"고 했다. 또 안 후보가 '중도 확장'을 내세우는 데 대해서도 윤 대통령은 과거 "어느 한 정당의 실패를 촉발하고 그로 인한 정치적 수혜를 본 것을 중도 확장이라고 할 수 있느냐"고 한 것으로 알려졌다(『조선일보』 2월 6일 자).

과연 이것을 대통령의 말로 봐야 하나, 대통령실 관계자의 말로 봐야 하나. 대통령실 관계자 발로 언론을 통해 쉴 새 없이 쏟아져 나오던 말들은 이렇게 아슬아슬하게 계속됐다.

"함께 정권을 교체하고, 함께 정권을 인수하고, 함께 정권을 준비하며, 함께 정부를 구성해, 정권 교체의 힘으로 정치 교체, 시대 교체가 될 수 있도록 할 것입니다." 윤석열 후보와 안철수 후보의 단일화 공동선언문에 나오는 문구이다. 함께, 함께, 함께가 이어진다. 이 외에도 선언문에는 '함께'라는 말이 총 12번 등장한다.

대선 막바지 단일화를 이룬 과정에 대한 후일담을 종합하면 다음과 같이 정리된다. 뭔가 이상하게 돌아가는 판, 여차하면 어찌 될지 모르는 절체절명의 위기감도 감도는 가운데, 윤석열 후보에게 '12척의 배'는 안철수 후보였을 것이다. 그래서 더 이상 미룰 수 없는 마지막 날 새벽 시간에 마주 앉아서 맥주캔까지 까면서… 안 후보가 "각서고 뭐고 다 썼지만 소용이 없었습니다. 신뢰가 중요합니다."라고 말하자 윤 후보가 "종이 쪼가리가 뭐가 필요하겠습니까. 나를 믿어주십시오."라고 말했다 한다.

윤 후보는 "본인도 밖에서 와서 어렵게 착종하는데, 제가 되면 안 후보, 안에서 잘 안착하게 모든 걸 다해 돕겠다." 했다 한다. 이 얘기가 안 후보에게는 더더욱 진심 어리게 다가왔을 것이다.

안 의원은 2012년 문재인 후보에게 후보를 양보했지만 추후 정치 과정에서 그 세력들로부터 배척된 경험을 가지고 있다. 안 의원은 결국 이번에도 같은 맛을 보고 말았다. 안 의원은 한 번 겪고도 바보같이 믿었던 것일까. 아니면 또 배반당할 걸 알면서도 믿었던 걸까.

우리는 사는 동안 많은 아픔이나 고통에 직면한다. 그리고 삭이고 감내하면서 살아간다. 흔히 가장 깊고 오래 가는 아픔은 무엇일까. 그중에 배신의 감정이란 것도 있지 않을까. 세상이 참 정직하지 못하거나 비정하다고 느껴질 때 우리는, 스스로를 움켜쥐며 되뇐다. "삶이 그대를 속일지라도 슬퍼하거나 노하지 말라."

알렉산데르 푸시킨의 시다. "삶이 그대를 속일지라도 슬퍼하거나 노하지 말라. 슬픈 날엔 참고 견디라. 즐거운 날이 오고야 말리니…."

'안철수'에게, 과연 '즐거운 날이 오고야' 말까.

이번에 대선후보 단일화에 따른 공동정부 약속을 한 윤석열 대통령실로부터 배신당하고 안철수는 국민의힘 당 대표 선거에서 낙선하였다. 하지만 대통령실 관계자의 선거운동 논란처럼 절대적으로 불리한 여건 하에서도 국민의힘 내부에서 책임당원의 23%의 지지율을 확인하였으니 절반의 성공으로 보이며, 100% 국민들이 뽑는 다음 대선에서 기대해 볼 충분한 가치가 있다.

당 대표 선거 이후

안철수 의원이 다시 분당갑 지역구로 돌아간 이후에는, 내년 총선 공천을 장담할 수 없다고 하면서 "김은혜 대통령실 홍보수석의 지역구에 세 들어 살고 있으니, 내년 총선에서는 지역구를 비워줘야 한다."라며 조롱하고 있다.

김기현 당 대표는 후보 당시 주장한 '연대-포용-탕평(연포탕)' 행보를 내세워 안철수 의원을 끌어안는 제스처를 취했으나 정작 안철수 의원과 만나기 직전에 지명직 최고위원과 사무총장 등 당직을 다 인선하고, 안철수 의원에게 허울뿐인 '과학기술분야 특위' 위원장을 제시하였다. '볼 장 다 본 뒤' 회동이 이뤄진 셈이다. 안철수 의원은 최근 2년간 5번의 선거로 심신이 지쳐서 힘을 재충전할 시간을 갖겠다는 말로 고사하였다.

안철수 의원이 국민의힘 합당 조건을 내세울까 봐 김기현 당

대표가 미리 당직자를 인선한 것이다. 2022.5.8.자 국민의힘-국민의당 합당 시 양당은 최고위원회에도 국민의당 몫으로 2명을 임명하기로 합의하였으며, 이외에도 홍보본부장, 여의도연구원 부원장, 당 대변인, 상임고문 등 국민의당에서 추천한 인사를 임명하여야 하는 당직이 많이 있었다. 현재까지 한 자리도 주지 않고 있다. 그리고 시·도당위원장, 당원협의회 상임부위원장도 임명하도록 되어있으나 그 약속도 지켜지지 않고 있다.

그리고 2023.1.2.자 신년인사회에서 윤석열 대통령과 부인 김건희 여사가 안철수 부부를 관저로 초청한 만찬 약속도 아직도 이행하지 않고 있다. 당 대표 선거 때문에 민감해서 관저 만찬을 미룬 것이라면 당 대표 선거 이후에는 관저에 안철수 부부동반으로 초청했어야 했다.

공동정부 약속, 합당 조건, 관저 초청 약속 등 윤석열 대통령은 안철수에게 한 약속을 하나도 지키지 않고 있다.

국민의힘은 김기현 당 대표 선출 이후 사무총장, 지명직 최고위원, 정책위의장, 여의도연구원장 등 주요 당직을 친윤계

영남지역 국회의원으로 채워 '영남의 힘'으로 만들었다.

내년 총선에서는 검사 출신 수십 명을 총선에 공천한다는 썰이 난무하고 있다.

안철수 국민의힘 탈당

6월 25일, 안철수 국민의힘 분당갑 국회의원은 국회 소통관에서 국민의힘 탈당을 선언한다.

『조선일보』는 안철수 '국민의힘 탈당' 선언문 전문을 보도하였다.

다시, 두려움을 안고 광야에 서서

존경하는 국민 여러분, 사랑하는 당원 동지 여러분.

저는 오늘 국민의힘을 떠납니다. 집권여당, 국민의힘을 혁신하고 또 혁신해서 지지자들이 자랑스러워 할 수 있는 정당, 국민이 믿고 전권을 맡길 수 있는 정당으로 바꾸라는 당원과 국민의 염원에 부응하지 못했습니다. 그대로 머물러

안주하려는 힘은 너무도 강하고, 저의 힘이, 능력이 부족했습니다. 이대로 가면 다 죽는다고, 비상한 각오와 담대한 결단이 필요하다고 거듭거듭 간절하게 호소했지만, 답은 없었습니다. 이대로 가면 내년 총선은 물론 향후 정권연장의 희망은 없습니다. 저의 부족함과 책임을 통감합니다. 진심으로 사과의 말씀 드립니다.

국민 여러분, 저는 이제까지 늘 야당의 통합과 정권 교체를 위한 선택을 해왔습니다. 지방선거를 앞두고 서울시장을 양보하였고, 대통령 후보를 양보했고, 그리하여 꿈에 그리던 정권교체를 이루었으나 합당을 했지만 정치혁신은 이루어지지 않았습니다. 국민의 삶도, 나아지지 못했고, 집권여당조차 기득권화하는 것을 막지 못했습니다. 지금 집권여당은 국민께 어떤 답도 드리지 못합니다. 세상을 바꿀 수도, 정권연장의 희망을 만들지도 못합니다. 절체절명의 기로에 서있습니다. 활로를 찾으려면 모든 것을 전면적으로 재검토해야 마땅합니다.

그런데도 더 큰 혁신은 배척당하고 얼마 되지 않는 기득권 지키기에 빠져있습니다. 혁신을 말하지만 실제로는 혁신을 두려워하고 있는 겁니다. 저는 이제 당 안에서 변화와 혁신은 불가능하다는 결론에 이르렀습니다. 안에서 도저히 안 된다면 밖에서라도 강한 충격으로 변화를 이끌어 내야 합니다. 한 치 앞도 내다볼 수 없는 캄캄한 절벽 앞에 저는 지금 제가 선택할 수 있는 가장 어려운 길로 나가려고 합니다. 저는 이제 허허벌판에 혈혈단신 나섭니다. 나침반도, 지도도 없습니다. 그러나 목표는 분명합니다. 더불어민주당 세력의 확장을 막고 더 나은 정치 국민의 삶을 돌보는 새로운 정치로 국민께 보답할 것입니다. 윤석열 정권 교체는 그 시작입니다. 윤석열 정권교체를 이룰 수 있는 정치세력을 만들겠습니다. 그러기 위해 할 수 있는 모든 일을 다 할 것입니다. 당원 동지 여러분, 국민 여러분! 지켜봐 주십시오. 고맙습니다.

2023년 6월 25일 오전 11시, 안철수,

국회 소통관 기자회견에서

안철수 의원은 탈당 뒤 동료의원, 측근, 지지자 등에게 아래의 내용의 문자메시지를 보냈다.

"고심 끝에 결심했다."

"길도 없고 답도 없는 집권여당을 바꾸고, 이 나라의 낡은 정치를 바꾸고, 고통받는 국민의 삶을 바꾸는 길의 한가운데 다시 서겠다."

"이 길이 국민의 뜻에 답하는 길이라고 생각했다."

"미래에 대한 불확실성, 저 자신의 부족함, 새로운 길을 가야만 하는 숙명, 이 모든 것이 겹쳐져 두려움으로 다가오지만 저에게 주어진 시대의 소명으로 받아들인다."

"저는 진심으로 낡은 정치를 끝내고 새정치가 실현되기를 소망한다."

"부족한 저의 결정을 이해해 주고 지켜봐 달라."

『중앙일보』 기사에 따르면 20대 대선 당시 운영했던 조직을 거의 복구했다고 한다. 또한, 자신이 국민의힘과 합당하자 같이 하지 않았던 ○○○, □□□ 전 의원, ○○○전 환경부 장관과도 이번 탈당 결정을 미리 알리고 연락했다고 한다.

또한, 옛 안철수 국민의당의 전국 17개 시·도당 조직도 지난 해 5월 국민의힘과 합당 당시 아무런 당직도 맡지 못하고 남아 있다가 최근 '미래포럼 준비모임' 형태로 운영되고 있다고 한다.

첫 여론조사 결과는 나쁘지 않았다. "내일이 총선이면 어느 정당에 투표할 것이냐"는 설문에 전국 기준 안철수 신당 30.2%, 더불어민주당 23.0%, 국민의힘 18.6%를 기록했다. 서울과 경기, 충청에서는 안철수 신당의 지지율이 1위이고, 영남과 호남에서는 2위, 강원에서는 2위를 기록하였다.

수치에도 나와있듯 안철수 신당 지지층의 상당수는 본래 국민의힘을 지지하긴 하지만 골수는 아닌 지지층과 무당파으로 불리는 중도 성향이나 오히려 야당인 더불어민주당 지지율 변화에도 영향을 크게 주었다. 윤석열이 싫어서 손가락을 자르기보다는 더불어민주당으로 넘어간 표가 상당하였다는 추론이 맞아떨어진 것이다.

이 때문에 안철수 신당은 여당과 야당 지지율 잠식을 비롯한, 보다 근본적 정계개편의 잠재력을 발휘할 수 있을 것으로 기대된다. 물론 단순 언론 노출 효과나 영남 지역의 '국민의힘

각성을 요구'하는 일시적인 지지율일 수도 있다. 따라서 현실화될 수 있을지는 좀 더 지켜봐야 하는 것이 맞다. 그리고 무당파의 지지라는 것이 워낙에 변화무쌍한 것이라 충성도가 많이 약하고, 국민의힘의 약한 지지층도 정작 총선에 와서는 국민의힘 후보를 선택할 가능성이 50:50 정도 될 것으로 추정된다. 이들을 끝까지 잡아둘 수 있느냐가 신당의 흥망성쇠를 결정할 것이다.

3:4:3 법칙이란 것이 있다. 내가 속해 있는 공동체의 10명 중 3명은 무조건 나를 지지하는 사람, 4명은 뭘 해도 관심 없는 사람, 나머지 3명은 뭘 해도 나를 싫어하는 사람이 있다.

이런 3:4:3 법칙을 정치에 적용하면 우리나라 보수:중도:진보의 비율과 같다. 한국에서의 선거는 보수나 진보가 중도층의 마음을 누가 더 얻느냐에 따라 결정된다. 제3 지대라고 불리는 중도층은 소위 말하는 무당층과 겹친다. 순수하게 중도를 표방하는 정당이 없었기 때문이다. 이번에 출범하는 안철수 신당은 이러한 중도를 표방하고 있어, 무당층을 정치 세력화하여 거꾸로 보수층와 진보층을 위협할 수 있다.

2.
안철수 중도신당 창당

안철수 의원이 국민의힘을 탈당을 하면 신당을 창당한다는 것은 분명한 사실이다. 안철수 의원의 정치적 성향은 중도라고 보면 이를 보완하는 개혁보수의 ○○○과 ○○○의 동반 탈당과 합류가 필요하다. 그리하여 트로이카(Troica) 체제의 중도보수신당이 창당하게 되었다. 그리하여 보수 제1당이 되는 것이다.

삼국지연의에 나오는 것처럼 유비, 관우, 장비가 복숭아나무 숲에서 의형제를 맺었다는 도원결의가 생각나는 트로이카 체제의 신당이 태어났다.

"10년이면 강산이 변한다"는 말이 있다. "상전벽해"라는 말처럼 "뽕나무밭이 바다로 변한다"는 말도 있다.

안철수 의원이 처음 정치를 시작했던 때인 2013년과 2023년 사이에 대한민국 국민들은 완전히 변했다. 그 사이에 촛불혁명으로 "이게 나라냐?"를 외치면서 박근혜 대통령을 탄핵하면서 나라의 주권이 국민으로부터 나온다는 것을 체감하게 되었다.

이렇게 무혈혁명을 이끈 국민들은 그야말로 무소불위가 되고 천하무적이 되었다. 그야말로 전 세계에 유례가 없는 힘이 센 국민들이 되어버렸다. 국뽕이 하늘을 찌르고 있다.

북한 김정은의 핵 도발에도 흔들리지 않고, 일본의 무역제재에도 노재팬운동으로 대항하였다. 이제 프랑스, 일본을 제치고 세계 국력순위 6위를 차지하고 있고, 국민의 64%가 독자 핵 개발을 원하고 있다.

이렇게 힘이 세진 국민들은 자기보다 더 센 지도자를 원하게 되었다. 처음엔 특전사 출신 문재인을 선택했고, 아예 국회까지 넘겨줬으나 용두사미로 끝나버려, 힘이 더 세 보이는 윤석열을 선택한 것이다.

그렇지만 윤석열이 약해 보이면 바로 바꿔버릴 수도 있다. 힘이 세진 만큼 참을성도 없어졌다. 윤석열도 그걸 알고 불도저처럼 밀어붙이고 있다. 그렇지만 앞으로 남은 4년 동안 사회를 안정시킬 수 있을까?

전교조, 민노총, 시민단체 등이 활개를 치고, 주식 부동산 코인투자가 기승을 부리고, 깡패와 마약이 판을 치는 현재의 대한민국이 된 것이다.

역사의 수레바퀴를 거꾸로 돌려 다시 10년 전으로 돌릴 수 없다면 대한민국은 더욱더 힘이 센 사람이 대통령이 되어야 한다.

현재 차기 대권 주자 중에 가장 힘이 세 보이는 후보가 누굴까? 누가 가장 전투력이 있어 보이나? 여론조사에 나오듯이 여권의 한동훈, 야권의 이재명이다.

문제는 전투력이다. 그렇지만 항우나 여포처럼 본인이 천하장사이어야 할까? 항우나 여포는 대망을 이루지 못했다. 본인이 천하장사가 아니라면 유비처럼 힘이 센 관우, 장비와 의형제를 맺어 전투력을 갖추는 게 더 낫지 않을까?

　지난 10년 동안 양산박 산채처럼 바뀐 대한민국에서 두목
(대통령)이 되려면 전투력으로 민심을 얻어야 한다. 민심은 천
심이라고 한다.

중도보수신당 창당 선언

2023년 7월 10일 오전 10시 국회 의원회관에서 기자회견을 열고 공식적으로 신당 창당을 선언하였다.

국민의힘을 탈당한 무소속 안철수 의원이 독자 신당 창당 구상을 밝혔다.

발표 전문

안철수, 무소속 의원

부족한 제게 국민들께서는 많은 기대를 하셨습니다. 정치를 바꾸고 세상을 바꾸라는 국민의 기대와 열망에 그동안 제대로 부응하지 못했습니다. 실망을 안겨드렸습니다.

국민의힘과 통합했지만 그 안에서 끝까지 혁신해내지 못하고 당을 떠난 데 대해 국민의힘 당원동지분들과 지지자 여러분들께도 마음에 큰 상처를 안겨드렸습니다.

저는 국민 여러분께 또 국민의힘 당원 여러분과 지지자들께 큰 마음의 빚을 졌습니다. 그 빚을 갚을 길은 윤석열 정권 교체를 반드시 이루고 국민의 삶을 바꾸는 새로운 정치를 실천하는 길밖에 없습니다.

혈혈단신인 외로운 길을 떠난 제게 국민 여러분께서 과분한 관심과 성원을 보내주고 계십니다. 이 기회를 빌려 진심으로 감사의 말씀을 드립니다. 큰 격려이면서 동시에 엄청난 질책이 담겨있다는 것을 잘 알고 있습니다.

정말 무거운 책임을 느낍니다. 국민 여러분께서 주신 소중한 불씨를 잘 살려 나가겠다는 다짐 드립니다. 저는 국민들께 분명하게 약속합니다. 지금 만드는 정당은 두 가지를 이루려는 것입니다.

첫째, 반드시 정권 교체를 하겠습니다.

윤석열 정권은 공정과 상식 시대를 약속했습니다. 약속 지켰습니까? 대선후보 단일화에 따른 공동정부 약속 지켰습니까?

대기업과 부자는 조금 더 성공하고 좀 더 행복해졌지만, 대부분의 보통 사람들은 이번 윤석열 정권에서 더 힘들어졌습니다. 모든 지역, 모든 세대 대부분의 계층이 다 어려워졌습니다.

저와 신당은 삶이 힘겨운 보통 사람들을 위해 싸울 것입니다. 저와 신당은 불공정한 세상에 분노하는 젊은 세대를 위해 싸울 것입니다. 저와 신당은 세금 내는 사람들이 억울하고 분노하게 만들지 않는 나라를 만들기 위해 싸울 것입니다. 반드시 윤석열 정권을 교체하겠습니다.

둘째는 국민이 원하는 정권 교체를 하겠습니다.

대한민국의 미래를 위한 정권교체여야 합니다. 정치를 바꿀 수 있는 정권 교체여야 합니다. 대한민국 최고의 인재들이 모두 참여하는 정권 교체여야 합니다.

생각이 다른 사람도 대한민국을 위해 머리를 맞대는 정권 교체여야 합니다. 문제만 말하는 것이 아니라 해결책을 내놓는 문제를 풀어가는 정권 교체여야 합니다.

저는 분명하게 약속드립니다. 청산해야 될 사람들하고는 연대하지 않는 정당을 만들겠습니다. 부패에 단호한 정당을 만들겠습니다.

실력 있는 인재들이 모이는 정당을 만들겠습니다. 젊은 세대에게 문을 활짝 열어놓는 정당을 만들겠습니다. 생각이 달라도 서로 대화하고 토론하는 정당을 만들겠습니다.

저는 분명하게 약속드립니다. 부패에 단호하고 이분법적 사고에 빠지지 않고 수구적 생각을 갖지 않는 모든 분들과 함께할 겁니다.

신당은 안철수 개인의 당이 아닙니다. 낡은 정치 청산과 정권교체에 동의하는 범국민적 연합체가 될 것입니다. 과거에 머물러있는 정당이 아니라 미래의 희망을 만드는 정당을 만들겠습니다.

기득권을 버리고 혁신하고, 또 혁신하는 혁신정당을 만들겠습니다. 분열이 아니라 통합하는 정당을 만들겠습니다. 미래정당, 국민정당, 통합정당 건설에 용감하게 모두 나서주시기를 간곡하게 부탁드립니다.

행동하지 않으면 세상은 변하지 않습니다. 힘을 보여줄 때입니다. 어제도 참았고 오늘도 참고 있지만, 내일도 참을 수는 없습니다.

우리 부모님도 참고 살아오셨고 우리도 참고 살아왔지만, 우리 아이들에게는 더 좋은 나라, 더 좋은 정치를 물려줘야 합니다. 지금이 바로 그 시간입니다. 국민의 결심과 행동이 필요합니다.

낡은 생각, 낡은 리더십, 낡은 제도를 뜯어고치는 새정치의 역사적 장정에 국민들께서 힘을 모아주시기를 기대합니다. 다음으로 구체적인 사안들 말씀드리겠습니다.

아마도 예상되는 질문이어서 먼저 답을 드리는 것이 효율적으로 진행할 수 있을 것 같아서입니다. 우선 신당 추진

일정입니다. 9월 초에 창당준비위원회를 발족하고, 아마도 상황에 따라서 차이가 날 수 있겠습니다마는 가급적이면 9월 추석 전에 신당의 구체적인 모습을 국민 여러분께 보여 드릴 계획입니다.

다소 시간이 촉박한 측면이 없지 않습니다만 정치의 예측 가능성과 새정치의 희망을 국민들께 제시하는 것이 중요하다고 생각합니다. 그리고 신당추진을 위해서 이번 주부터 창당 실무준비단을 가동할 계획입니다.

실무준비단 책임은 재선의 ○○○ 의원에게 맡기고 곧 준비 사무실 확보 및 실무인력을 배치할 계획입니다. 다음으로 신당 참여인사에 대한 말씀을 드리겠습니다.

당내 외에서 제게 또는 여기 계신 의원분들께 연락 주시는 분들도 계시고 또 제가 연락드려야 할 분도 계시다는 점만 말씀을 드리겠습니다.

참여 여부에 대해서는 확정이 되면 말씀드리도록 하겠습니다마는 서두르지 않고 시간을 가지고 차근차근 추진해

나가겠다는 입장이라는 점 말씀드립니다.

그 다음 국민의힘과 더불어민주당과 연대에 대해서는 생각하지 않고 있습니다. 이미 국민들께서 낡은 정치를 바꿔 달라고 저희들에게 요구하셨습니다.

저는 혁신을 거부한 세력과의 통합은 전혀 고려하고 있지 않다는 점 다시 한 번 더 말씀드리겠습니다.

그렇지만 지금 저나 신당에게 주어진 최우선적인 과제는 새로운 시대요구와 새정치의 비전과 목표를 분명히 하는 것입니다. 협력문제는 이런 문제들이 어느 정도 해결이 된 후에야 가능할 것으로 생각합니다.

이 정도로 모두 발언 마치겠습니다.

새정치 기조연설

안철수 의원은 7월 25일 새정치 기조연설을 하였다.

전 문

지금, 다음 세대를 위해 담대한 변화를 시작할 때입니다.

존경하는 국민 여러분!

다들 성실하게 땀 흘려 일하셨지만 삶은 고단하고, 노후 대책도, 아이들의 장래도, 현실의 절벽은 너무 높기만 합니다. 오늘이 어제와 같고, 또 내일마저 오늘과 같다면 희망은 없습니다.

저는 대한민국이 더 이상 이대로 가서는 안 된다는 절박감을 가지고 이 자리에 섰습니다. 어제도 참았고 오늘도 참고 있지만, 내일도 참을 수는 없습니다. 우리 부모님도 참고 살아오셨고 우리도 참고 살고 있지만, 우리 아이들에게는 더 좋은 나라를 물려줘야 합니다. 그래야 희망이 생깁니다.

존경하는 국민 여러분!

어쩌면 지금 허허벌판에 혈혈단신 다시 시작하려는 제게 국민 여러분께서 보내주시는 기대는 마지막 기회가 될지 모릅니다.

한국 정치를 바꾸고, 절망의 대한민국에 희망의 불씨를 지키고 키워내지 못한다면 국민 여러분께서는 또 한 번 실망하고 절망에 빠질 것입니다. 정말 두려운 일입니다. 제가 부서지고, 깨지더라도 이 불씨를 지켜내겠습니다. 반드시 새로운 정치, 다른 정치, 바른 정치로 보답하겠습니다.

경제가 문제입니다.

지금 대한민국은 왜 절망하는가? 경제가 문제입니다.

그런데 백약이 무효라고 많은 분들이 이야기합니다. 정말 길이 없을까요? 아닙니다. 길은 있습니다.

우선, 윤석열 대통령식 처방은 안 통합니다. 국민의힘식 민생 119, 관치경제로는 21세기 경제의 활력과 에너지를 만들어낼 수 없습니다. 시작이 잘못되었으니 결과도 뻔하고, 국민은 더 이상 경제의 활력을 기대하지 않습니다.

문제를 푸는 사람들도 문제입니다. 대한민국의 가장 큰 문제는 한마디로 국가적인 과제를 푸는 데 최고의 인재들을 쓰지 않는다는 점입니다. 대한민국 전체를 뒤져서 최고의 인재를 찾기보다 편을 가르고 내 편중에서도, 아는 사람 중에서도 말 잘 듣는 사람을 쓰는 것입니다. 이런 상황에서는 시대적 과제를 해결한다는 것은 불가능합니다.

정치가 문제를 풀어야 합니다.

노벨상을 받은 경제학자, 폴 크루그먼은 (사회의 양극화

때문에 정치가 양극화된 것이 아니라) 극단적인 정치 때문에 사회가 분열된다고 했습니다. 맞습니다. 정치가 양극화되어 사회의 양극화를 부채질하고, 경제를 살려내고 국민의 삶의 문제를 풀어낼 능력도 의지도 잃은 것입니다.

결국, 국민을 편 가르고, 줄 세워서 자신들의 영향력을 유지하려는 정치가 문제입니다. 얼핏 보면 서로 다른 주장을 내세우는 것처럼 보이지만, 서로 반대편이 있어야 자기세력을 유지하는 적대적 공생관계의 극단적 대립만 남았습니다. 대한민국 최고의 인재들이 모여서 대안을 찾는 게 아니라, 같은 편끼리 똘똘 뭉쳐 있으니, 좋은 답을 낼 수가 없습니다. 정치가 문제를 푸는 게 아니라, 오히려 정치가 문제입니다. 정치부터 바꿔야 합니다.

1970년대 개발독재와 1980년대 운동권의 패러다임으로는 2023년의 문제를 해결할 수 없습니다. 대한민국에는 지금 우리가 직면한 문제를 해결할 방법과 인재가 분명히 있습니다. 지금은 그런 인재를 찾아 일을 맡겨야 합니다. 더 나은 미래를 열어가기 위해 지혜를 모으는 정치를 시작하고, 그런 정당을 만들 때입니다. 지금이 바로 그때입니다.

새 정치는 새로운 사람들이 시작할 수 있습니다.

정치가 바뀌려면 사람이 바뀌어야 합니다.

정치에 참여하면 사람 망가진다고 외면하기만 하면 정치는 더 이상 나아지지 않고, 대한민국은 절망에서 빠져나올 수 없습니다. 새로운 인물이 들어올 수 있고, 성장할 수 있어야 정치가 바뀝니다. 대한민국 최고의 인재들이 정치와 국정의 새로운 중심이 되어야 합니다. 30, 40대 우리 사회의 허리가 정치의 소비자만이 아니라 생산자가 되어야 하고, 주체가 되고, 중심이 되어야 합니다. 그런 분들이 국회에 들어가서 제 목소리를 내야 합니다.

정치는 특별한 경력을 가진 사람들의 전유물이 아닙니다. 오히려 성실하게 세금 꼬박꼬박 내면서 살아온 이 땅의 시민 누구나 정치의 주체가 될 수 있어야 합니다.

자기 직장과 주변에서 실력을 인정받는 사람, 일단 일을 맡으면 성과를 만들어 낼 수 있는 사람, 말을 했으면 책임질 줄 아는 사람, 다른 의견도 경청하고 합의점을 찾아낼

줄 아는 사람, 이웃의 아픔과 고통을 나누려는 마음을 가진 사람, 그런 사람들이 정치의 주체가 되어야 합니다.

널리 알려진 사람이 아니라도, 어느 지역 어느 동네에도 그런 괜찮은 사람, 좋은 사람은 있습니다. 그런 분들을 찾겠습니다. 그런 분들이 결심해 주십시오. 그런 분들을 국회로 보내주십시오.

공감과 소통, 참여와 개방, 연대와 협치가 이 시대 정치의 중심 가치가 되어야 합니다.

이제 여야 간의 이념적, 정략적 대결을 끝내고 국민의 삶의 문제를 가장 우선으로 대화하고 합의점을 찾아야 합니다.

야당은 졸속으로 법안을 내놓고 숫자로 밀어붙이려고 하고, 여당은 반대하는 대립만으로는 문제를 풀 수 없습니다. 무한 대립이 거듭되면서 여야 간에 승자는 없고 피해자만 나옵니다. 피해자는 국민입니다.

국민을 정치의 피해자로 만드는 정치, 이제 끝내야 합니다.

합의의 정치가 이뤄지려면 제대로 된 청사진을 놓고 오랜 시간 심사숙고해야 합니다.

고령화, 양극화, 저출산, 신성장동력, 청년 일자리 문제 등 중요한 국가 어젠다가 쌓여있습니다. 나는 정답이고 너는 틀렸다고 결론을 정해놓으면 대화와 합의는 불가능합니다. 무조건 색안경을 쓰고 상대를 낙인찍고, 배척하는 뺄셈의 정치에 대화와 타협의 여지는 없습니다.

소통과 공감은 시대의 정신입니다.

말이 통하는 정치를 해야 합니다. 소통은 듣는 것에서 시작됩니다. 나와 생각이 다른 사람의 이야기도 무시하지 않고, 묵살하지 않고, 경청하는 것에서부터 대화가 시작됩니다. 경청과 소통과 공감이 새로운 정치의 출발점입니다.

참여와 개방 역시 중요한 원칙입니다.

정치와 정치 바깥의 경계를 허물어야 합니다. 국민과 직접 소통해야 합니다. 조직된 소수의 목소리는 크고, 침묵하는 다수의 목소리, 대다수 중산층과 서민의 목소리는 정치에 도달하지 못하고 있습니다. 정치인들은 조직된 지지자들만 바라보고 그래서 극한 대립은 끝이 없습니다.

패거리 정치가 아니라 가치와 비전을 함께 만들고, 개방과 참여를 통해 더 나은 목표를 찾아가는 것이 새로운 정치의 모습입니다.

협치의 지혜와 덕목을 배워나가야 합니다.

대한민국이 처한 위기는 어느 지도자 한 사람 또는 어느 한 정치세력이 해결할 수 없습니다. 힘을 모아야 합니다. 이분법의 정치를 펴는 나라치고 성공한 나라가 없습니다. 연대와 협치의 힘이었습니다.

네덜란드, 덴마크, 오스트리아, 노르웨이, 스웨덴 등 삶의 질이 높은 유럽의 선진국들이 경제위기 속에서도 행복도가 높은 이유는 서로 연대하고 합의하는 협치의 정치가 있기 때문입니다. 이런 정치를 할 수 있도록 정치의 주체를 바꾸고 정치문화와 행동양식을 바꾸는 것이 새로운 정치입니다.

새정치의 목표와 비전은 우리 사회의 총체적 변화입니다.

우리에게 필요한 것은 작은 변화가 아니라 큰 변화, 담대한 변화입니다. 우리나라는 짧은 시간 내에 산업화와 민주화를 이뤘습니다. 이제 낡은 정치를 바꿔서 더 큰 도약을 이뤄야 합니다. 격차 해소와 통일을 위해, 그리고 우리 아이들의 미래를 위해 담대한 변화를 결단할 때입니다.

첫째, '공정성장'을 경제정책의 제일 기조로 삼아야 합니다.

정부 주도의 산업 정책에 목을 매는 경제는 이제 넘어서야 합니다. 몇몇 재벌에 의존해서는 재벌만 행복하고 국민 다수는 불행한 구조를 바꿀 수 없습니다. 지금의 약육강식의 수직적 경제 질서는 정글의 법칙, 승자독식의 질서가 지배합니다.

이제 바꿔야 합니다. 온갖 독과점 질서를 공정거래 질서로 바꿔야 합니다. 시장을 시장답게 만들어야 합니다. 중소기업도 실력만으로 대기업이 될 수 있어야 합니다. 개인도, 기업도 개천에서 용이 날 수 있어야 합니다. 그래야 새로운 혁신기업들이 성공할 수 있고, 좋은 일자리도 더 많이 생겨날 수 있습니다. 공정한 경쟁과 공정한 분배하에 우리는 다시 성장할 수 있고, 새로운 일자리를 만들 수 있습니다. 이것이 제가 오랫동안 강조해 왔던 '공정성장론'입니다. 경제민주화가 실제로 이루어질 수 있는 구체적인 방법론입니다.

사회적 경제의 육성도 매우 중요합니다.

자유시장경제만으로는 충분한 일자리를 제공할 수 없습니다. 4차 산업혁명을 중심으로 하는 경제 혁신과 더불어, 일과 일자리를 공동체의 필요와 연계하는 사회적 경제의 몫을 늘려야 합니다. 외국에는 이미 성공적인 모델을 보여주는 많은 사례가 있습니다. 협동조합과 사회적 기업, 마을기업 등 사회적 경제와 자원봉사 등이 연계된 비영리조직을 활성화시키고 경제에서 차지하는 비중을 지속적으로 늘려가야 합니다.

둘째, 교육이 바뀌어야 합니다.

고부가가치 혁신경제의 토대는 사람입니다. 산업화시대에는 산업화에 맞는 교육이 필요했다면 정보화시대에는 창의적 인재를 길러내야 합니다. 우리 청소년을 인성을 갖춘 인재, 창의성을 가진 인재, 함께 일할 줄 아는 인재로 키워내야 합니다. 스스로 생각하고, 좋아하는 것을 잘할 수 있도록 하고, 내 주변과 공동체를 생각할 줄 아는 민주적인 시민으로 성장할 수 있어야 합니다. 시험 위주로 일방적으로 가르치는 현재의 수직적 교육질서로는 어림도 없습니다.

부모가 노후 대비도 포기하고 학원에, 유학에 사교육비를 들여도, 아이들에겐 미래가 보이지 않습니다. 부모도, 아이도 절망합니다. 부모의 경제적 격차가 곧 자식의 교육 격차로 이어지고, 어디 사느냐에 따라 미래가 결정되는 '금수저', '흙수저'의 시대에 청년들은 절망합니다. 이런 절망을 깨지 않고는 미래가 없습니다. 부모의 경제력이나 거주지와 무관하게 질 좋은 교육을 받을 기회가 주어져야 합니다. 교육의 문제는 일자리문제이고, 노후대책 문제이기도 합니다.

모든 개혁의 중심에 교육개혁을 두어야 합니다. 대한민국 국가의 미래는 수직적 관료적 기계적 교육시스템을 수평적 창조적 디지털 교육시스템으로 얼마나 바꿀 수 있는가에 달려있습니다. 국정 교과서로 아이들의 생각을 획일적 틀에 잡아넣겠다는 시대착오적 발상에 국력을 낭비할 것이 아니라 우리 교육을 근원적으로 어떻게 바꿀 것인가에 대해 지혜를 모아야 합니다. 시간이 그리 많지 않습니다. 우리는 이미 21세기 초입에서 너무나 많은 소모적 논쟁과 시행착오를 겪었습니다.

셋째, 격차 해소를 통해 국민 다수의 삶이 나아져야 선진국으로 갈 수 있습니다.

가장 중요한 것은 국민들의 삶입니다. 수출이 늘어도, 경제가 성장을 해도 대다수 국민의 삶은 나아지지 않고 있습니다. 내일이 오늘보다 나을 것이라는 희망을 가질 수도 없습니다. 좋은 일자리는 부족하고, 자영업은 3년 안에 70%가 문 닫는 것이 현실입니다. 공정하게 경쟁할 수 있는 공정 성장의 질서를 만드는 것은 격차 해소를 위한 최소한의 조건입니다. 대기업의 과도한 지배력 확장과 중소기업, 자영업자들을 사지로 내모는 각종 반칙을 막지 못하면 중산층과 서민은 버텨낼 수 없습니다.

교육비와 함께 국민 다수에게 가장 큰 부담은 주거비입니다. 집값, 전셋값 부담에 은행의 가계부채가 1,200조 원에 다가섰습니다. 대한민국이 시한폭탄 위에 올라가 있습니다. 근본적으로 주거비 부담이 문제이고, 이 정부가 빚 얻어서 집 사도록 유도한 정책실패의 결과입니다.

이미 쌓여있는 가계부채를 어떻게 해소할지, 앞으로 결혼하는 청년세대는 어떻게 집을 구할지 함께 해결해 가야 합니다. 국회가 중앙정부, 지방정부와 함께 분명 답을 찾을 수 있습니다.

복지체계도 더 촘촘해져야 합니다. 세종대왕께서 말씀하셨듯이 "밥은 백성의 하늘"입니다. 국민이 맘 편히 먹고 살 수 있는 사회, 국가의 기본적 책임입니다. 그것이 복지입니다. 보편적 복지냐 선별적 복지냐 하는 논쟁은 이미 효력을 잃었습니다. 여야가 다 복지 하겠다고 합니다. 더 중요한 것은 돈을 효율적으로 쓰는 것입니다. 국민의 피와 땀인 세금은 일자리, 건강, 교육, 문화, 체육 등 여러 분야에 골고루 효율적으로 써야 합니다. 이러한 인프라를 구축하는 데 재정이 많이 든다면 일정한 증세는 피할 수 없습니다. 정치권은 제 역할을 다하며 질책을 듣더라도 국민들께 솔직하게 증세에 관해 말씀드려야 합니다. 동시에 전반적인 세금체계도 다시 들여다보고 계층 간, 소득 간 균형을 조정해야 합니다.

넷째, 안보와 통일, 외교에 관해서는 원칙만 말씀드리겠습니다.

원칙은 분명합니다. 튼튼한 안보의 바탕 위에 사건이 아닌 과정으로서의 통일을 추구해야 합니다. 한·미동맹의 기반을 튼튼히 하면서, 남북관계를 주도적으로 풀어가야 합니다. 북한 핵 문제는 물론 어떤 종류의 무력도발도 결코 용납될 수 없습니다. 한편 교류 협력에 대해서는 유연함을 잃지 말아야 합니다. 어떤 형태로든 남북관계를 개선시키는 것이 단절되어 있는 것보다는 낫다는 인식을 할 필요가 있습니다. 통일의 전제는 평화 관리이며, 교류협력의 전면화라는 점을 잊어서는 안 됩니다.

한·미동맹의 기반 위에 글로벌 외교를 펼쳐야 합니다. 특히 중국과 관계를 돈독히 하는 것이 중요합니다. 일본, 러시

아도 동북아 평화 질서를 위해 긴밀하게 협력해야 합니다. 이를 위해 가장 중요한 것은 유연하되 확고한 우리의 중심 전략입니다.

새로운 정당이 갈 길은 분명합니다.

새 정당은 낡은 진보와 수구보수 대신 '합리적 개혁노선'을 정치의 중심으로 세울 것입니다.

문제가 있는 곳에 답이 있습니다. 실사구시의 정신으로 답을 찾아야 합니다. 문제를 만드는 정치가 아니라 문제를 해결하는 정치가 새로운 정치입니다.

정치가 아무리 불신을 받는다 하더라도 정치 없이 시대의 문제를 해결할 수는 없습니다. 국민들의 의사 결정을 이끌어내는 것이 정치의 역할이고, 나라의 목표를 향해 국민들의 에너지를 모아내는 것도 정치이기 때문입니다. 그렇기 때문에 반목과 대립, 갈등으로 점철되어 온 낡은 정치를 끝내고 새로운 정치패러다임을 만들어 나가야 합니다.

이제 기득권 정치세력 그들만의 독점적 정치 공간이 아니라 국민이 참여하고 국민이 주인 되는 새로운 정치 공간을 만들어야 합니다.

역사적으로 낡은 것은 스스로 물러난 적이 없습니다. 새로운 것이 나타나야 낡은 것이 물러갑니다. 해가 떠서 어둠이 물러가는 것이지, 어둠이 물러가서 해가 뜨는 것이 아닙니다. 지금이 바로 그 시간입니다. 대한민국의 변화를 위한 담대한 행동에 나설 때입니다. 낡은 정치를 물러나게 할 때입니다. 지금이 바로 새로운 정치·새로운 정당·새로운 비전·새로운 인물·새로운 정책이 필요한 시간입니다.

존경하는 국민 여러분,

새 정당은 우리 사회 곳곳의 변화를 촉발시킬 것입니다.

새로운 정당의 강력한 충격이 있어야 낡은 보수·낡은 진보
도 조금이라도 변할 것입니다. 새로운 비전과 발상의 전환이
있어야 낡은 보수·낡은 진보가 생각을 바꿀 수 있습니다.

새롭고 젊은 인재들이 도전해야 기득권을 내려놓고 참신
한 인물을 찾을 것입니다.

지금은 혁신 경쟁을 불러일으킬 새로운 정당이 필요할 때
입니다.

지금은 국민께 더 많은 선택, 더 좋은 선택을 가져올 새로
운 정당에 힘을 모아주실 때입니다.

국민 여러분,

새로운 생각·새로운 리더십·새로운 방식·새로운 인물에게
대한민국을 맡겨야 합니다. 젊은 인재의 상상력이 대한민국
을 구하고, 새로운 길을 열어갈 것입니다.

여러분의 참여와 행동이 정치를 바꾸고 대한민국을 바꿀 수 있습니다. 청년의 열정이 살아 숨 쉬는 대한민국, 가슴이 고동치는 대한민국을 향해 앞으로 나갈 수 있습니다.

국민 여러분, 지켜봐 주십시오.

여러분께서 주신 새정치의 소중한 불씨를 절대 꺼뜨리지 않겠습니다.

장시간 경청해 주셔서 감사합니다.

2023. 7. 25. 안 철 수

국민의당 창당

2023년 6월 30일경 국민의힘을 탈당한 안철수, ㅇㅇㅇ, ㅇㅇㅇ 등이 중심이 되어 2023년 9월 25일에 창당하였다. 영문 이름은 'The People's Party'다. 2023년 8월 1일부터 8월 30일까지 국민들을 상대로 당명을 공모하였으며, 당명 이름을 '국민의당'으로 확정하였다. 이후 9월 1일 창당발기인대회를 열고, ㅇㅇㅇ, ㅇㅇㅇ을 공동위원장으로 하는 창당준비위원회를 정식 발족하였다. 9월 10일 선거관리위원회에 국민의당 당명을 등록하였다. 그리고 9월 25일 중앙당 창당대회를 열어 안철수, ㅇㅇㅇ 전 의원, ㅇㅇㅇ 전 대표를 공동대표로 선출하고 공식 출범하였다.

국민의당이 9월 25일 오후 대전 한밭체육관에서 중앙당 창당대회를 열고, 안철수 의원과 ㅇㅇㅇ 전 의원, ㅇㅇㅇ 전 대표를 초대 공동대표로 추대했다.

다음은 안철수 상임공동대표의 수락연설이다.

함께해 주시기 위해 기꺼이 대전까지 와주신 내외 귀빈 여러분, 존경하는 선배동지 여러분, 정말 고맙습니다.

저는 오늘 여러분께서 제게 맡겨주신 국민의당 상임공동 대표라는 무거운 책임을 기꺼이 수락하겠습니다.

80일 전, 저는 허허벌판 혈혈단신 길을 나섰습니다. 그러나 지금 저는 혼자가 아닙니다. 여기 모이신 수천 명의 동지 여러분, 그리고 각 지역의 수십만, 수백만의 국민이 응답해 주셨습니다.

국민의당은 정치를 바꾸고 세상을 바꾸라는 수많은 국민의 목소리를 담는 그릇입니다. 저 안철수는 바로 국민 여러분의 도구입니다.

이제 시작입니다.

그리고 지금 이 기회가 어쩌면 제게 주어진, 우리에게 주어진 마지막 기회일지 모릅니다. 벼랑 끝에 선 심정으로 저는 여러분께 말씀드립니다.

이번에 바꾸지 못하면, 이번에 변화의 터전을 만들지 못하면 정말 우리에겐 더 이상 꿈도, 희망도, 미래도 없습니다.

저는 국민의당에, 이번 선거에, 저의 모든 것을 걸겠습니다. 우리가 새로운 길을 열지 못하면 대한민국에 더 이상 미래는 없다는 각오로 뛰겠습니다. 온몸이 부서져라 뛰겠습니다.

제가 험난한 신당 창당의 길로 나섰을 때 한 직장인 부부가 제게 주신 문자입니다.

"가진 것 없이 태어나도 세상은 살만하다고 우리 아이에게 말할 수 있게 해 달라". 결코 잊지 않겠습니다. 성실하게 일하는 사람이 인정받고, 선한 사람들이 마음 상처받지 않도록 국민들 편에서 싸우겠습니다.

우리는 부모의 경제적 능력이 아이의 미래를 결정하는 세상과 싸울 것입니다. 우리는 더 이상 개천에서 용이 나지 않는, 기회가 박탈된 사회 구조와 싸울 것입니다. 우리는 젊은 이들이 아이를 낳고 키우기를 포기하는 척박한 세상과 싸울 것입니다. 우리는 성실하게 일해도 노후를 걱정해야 하는 세상과 싸울 것입니다. 우리는 빈부격차, 남녀격차, 세대격차, 교육격차, 지역격차, 대기업 중소기업 격차, 정규직 비정규직 격차 등 모든 불합리한 격차와 싸울 것입니다. 우리는 대한민국의 문제를 해결하지 못하는 기득권 양당체제와 싸울 것입니다. 우리는 오늘 서울과 평양에서 태어난 아이들이 성인이 되어서도 총부리를 겨누는 세상을 물려주지 않기 위하여 낡은 분단체제와 싸울 것입니다.

당원 동지 여러분,

개인의 이해보다는 당의 미래가 우선이고, 나라의 미래가 우선입니다. 오늘 이 자리에서 우리 모두 선당후사를 결의합시다. 국민이 만들어주는 정치혁신의 대물결 앞에 우리의 모든 것을 걸고 헌신합시다.

평범한 꿈을 꾸면 평범한 결과를 얻을 뿐입니다. 담대한 꿈을 꾸어야 담대한 변화를 얻을 수 있습니다. 저는 오늘 이 자리에서 누구도 가보지 못한 정치혁명의 길을 시작합니다. 국민에 의한 국민을 위한 국민의 당이 첫발자국을 내딛는 역사적 순간입니다.

역사는 오늘을 기록하게 될 것입니다.

국민의당은 오늘 낡은 정치. 구정치체제의 종식을 선언합니다. 우리는 온몸을 던져 정치부패, 반목과 대립, 갑질과 막말, 국민의 이익보다 당리당략을 앞세우는 가짜정치, 게으름과 무책임, 기득권적 사고 등 이제까지 우리 정치를 지배해 온 낡은 관행과 문화를 완전하게 퇴출시키고 정치의 새로운 장을 만들어 낼 것입니다. 우리가 원하는 것은 오로지 단 하나, 진정한 변화이고 이를 위한 혁신입니다. 정치의 완전교체, 국회의 전면교체, 인생을 위한 진짜 변화, 오직 그것입니다.

앞으로 앞으로 나아가겠습니다. 그리하여 마침내 국회를 바꾸고, 정권교체를 이루고, 국민의 삶을 책임지는 진짜 정치로 보답하겠습니다.

함께해 주시겠습니까? 여러분!

국민 여러분, 바꿀 수 있습니다. 이대로는 안 된다, 어제도 참고 오늘도 참았지만, 내일은 더 이상 참지 않겠다고 생각하신다면 이제 결심할 때입니다.

이제 행동할 때입니다. 무능한 여당과 오만한 야당은 이제 그만 됐다고 명령해 주십시오. 정치의 판을 바꾸고, 경제의 틀을 바꾸고, 남북관계의 길을 바꾸고, 절망을 희망으로, 과거 대신 미래로 나아갈 때입니다. 지금이 바로 그때입니다.

함께 잘 사는 정의로운 대한민국, 우리가 꿈꾸는 미래입니다.

우리와 함께 정치를 바꿔보시겠습니까? 여러분! 우리와 함께 정말 세상을 바꿔보시겠습니까? 여러분!

어둠은 스스로 물러서는 법이 없습니다. 해가 뜨고 새벽이 와야 비로소 어둠은 물러갑니다. 낡은 정치는 스스로 물러가지 않습니다. 사람을 바꾸고, 판을 바꿔야 진짜 정치가 시작됩니다.

국민의당은 2023년 한국 정치의 판을 바꾸는 혁명을 시작합니다. 군림하는 정치, 국민의 삶을 외면하는 정치, 정치인들만을 위한 정치가 아니라, 국민에 의한, 국민을 위한, 진짜 국민의 정치로 국민의 삶을 바꾸겠습니다.

이를 위해 저는 오늘 지난번 제안했던 3당 민생정책회담을 국민의당 상임공동대표로서 공식 제안합니다. 여야 기득권 양당은 21대가 국회가 얼마나 무능하고 무기력했는지를 스스로 반성하고, 이제 결자해지의 차원에서 쟁점법안의 조속한 처리를 국민 앞에 약속해야 합니다.

지금은 양당 기득권 체제를 깰 꿈을 갖고 있는 모든 분들이 함께할 시간입니다. 행동하지 않으면 세상을 바꿀 수 없습니다.

대한민국의 미래를 위하여 한국 정치를 바꾸는 정치혁명의 대장정에 함께해 주십시오. 열심히 하겠습니다. 똑바로 하겠습니다.

고맙습니다.

2023년 9월 25일 국민의당 공동대표 안철수

○○○계 국민의힘 지역구 탈당 의원 20명으로 원내교섭단체 구성을 마쳤다. 동반 탈당에 합류하지 못한 국민의힘 비례대표의원들은 신당 창당에는 직접 참여하지 못했지만, 김기현 당 대표의 지시에 따라 국민의힘 제명 절차에 따라 당적을 잃어 추후에 신당에 합류하였다.

네 시작은 미약(微弱)하였으나 네 나중은 심히 창대(昌大)하리라

욥기 8장 7절

3.
2024년 제22대 총선 및
중도보수신당 제1당 등극

처음 안 대표가 '목표의석 120석'이라고 말할 때까지는 출구조사를 보기 전까지 아무도 그 말을 믿지 않았다. 더불어민주당은 95석, 국민의힘 80, 정의당 4석이다.

수도권 80석, 충청 15석, 강원 3석, 영남 12석, 호남 10석 등 전국에서 골고루 득표하여 전국 정당의 면모를 보였다. 비례대표 지지율도 더불어민주당을 제치고 1위다. 결국, 총 120석을 얻어내며 명실상부한 제1당이 되었다.

안철수 입장에서는 그야말로 나올 수 있는 최상의 결과가 모두 나온 셈인데, 제1당이라는 예상치를 훌쩍 뛰어넘는 의석을 얻었고, 여권분열로 더불어민주당만 이득을 볼 거라는 상당수 여권 지지자들의 우려와는 달리 더불어민주당 표의 상당 부분을 흡수하며 수도권에서의 제1당으로 승리에도 기여했다는 주장도 있다.

이로써 국민의힘과 더불어민주당의 의석이 거의 1:1로 비등한 상황이 만들어졌고, 국민의당은 120석을 차지하고 있기 때문에 국민의힘, 더불어민주당 입장에서는 국민의당의 동의 없이는 법안 통과가 불가능하다. 절묘한 균형으로, 많은 의석으로 어느 쪽과도 협의하든지 새 정치를 할 수 있는 무소불위, 천하무적의 권력을 지닌 셈이다. 대통령은 법안 거부권도 행사할 수 없었다.

이번 선거의 시작부터 끝까지 가장 주목받은 집단이 안철수와 국민의당이었고, 기존 진부하던 국민의힘vs더불어민주당 1vs1 구도에서 벗어나 3당 체제라는 프레임으로 결국 누구도 예상 못 한 결과가 만들어졌다.

거대 양당의 나눠 먹기식 정치행태가 안철수로 하여금 정치 개혁과 국민을 위한 정치를 해야 하겠다는 사명감을 갖게 하여 진보·보수 양측의 견제와 음해를 꿋꿋하게 견뎌내며 행동하는 양심 차원으로 지난 10여 년 정치를 해오고 있던 것이 드디어 결실을 얻은 것이다.

그야말로 국민들이 직접 표로 심판하여 안철수의 새 정치가 시작되었다.

4.
경제, 민생 성공적인 행보

제1당이 된 안철수와 국민의당은 그동안 꿈꾸어왔던 경제, 민생 행보를 시작하였다.

미국처럼 안보, 통일, 외교는 윤석열 대통령에게 맡기고, 안철수와 국민의당은 경제와 민생을 살리기 위한 활발한 입법 활동을 전개해나갔다.

첫째, '공정성장' 달성

온갖 독과점질서를 공정거래질서로 바꿨다. 시장을 시장답게 만들었다. 중소기업도 실력만으로 대기업이 될 수 있게 만들었다. 개인도 기업도 개천에서 용이 날 수 있는 사회가 되었다. 그래서 새로운 혁신기업들이 성공할 수 있고, 좋은 일자리도 더 많이 생겨날 수 있었다. 공정한 경쟁과 공정한 분배하에 우리는 다시 성장할 수 있고 새로운 일자리를 만들 수 있었다. 이것이 안철수가 오랫동안 강조해 왔던 '공정성장론'으로 경제민주화가 실제로 이루어졌다.

사회적 경제의 육성도 매우 중요하다. 자유시장경제만으로는 충분한 일자리를 제공할 수 없기 때문에, 4차 산업혁명을 중심으로 하는 경제 혁신과 더불어, 일과 일자리를 공동체의 필요와 연계하는 사회적 경제의 몫을 늘렸다. 협동조합과 사회적 기업, 마을기업 등 사회적 경제와 자원봉사 등이 연계된 비영리조직을 활성화시키고 경제에서 차지하는 비중을 지속적으로 늘렸다.

둘째, 교육의 변화

고부가가치 혁신경제의 토대는 사람이다. 정보화시대에 맞게 창의적 인재를 길러내게 했다. 우리 청소년을 인성을 갖춘 인재, 창의성을 가진 인재, 함께 일할 줄 아는 인재로 키워냈다. 스스로 생각하고, 좋아하는 것을 잘할 수 있도록 하고, 내 주변과 공동체를 생각할 줄 아는 민주적인 시민으로 성장할 수 있게 하였다.

부모의 경제력이나 거주지와 무관하게 질 좋은 교육을 받을
기회가 주어지게 하였다. 교육의 문제는 일자리문제이고, 노후
대책 문제이기 때문이다.

모든 개혁의 중심에 교육개혁을 두었다. 수평적 창조적 디지
털 교육시스템으로 대한민국 국가의 미래가 바뀌었다. 국정 교
과서로 아이들의 생각을 획일적 틀에 잡아넣겠다는 시대착오
적 발상에 국력을 낭비할 것이 아니라 우리 교육을 근원적으
로 어떻게 바꿀 것인가에 대해 지혜를 모았다.

셋째, 격차 해소를 통해 국민 다수의 삶이 나아져서 선진국
이 되었다.

가장 중요한 것은 국민들의 삶이다. 공정하게 경쟁할 수 있
는 공정성장의 질서를 만들어 격차 해소를 위한 최소한의 조
건을 갖추었다. 대기업의 과도한 지배력 확장과 중소기업, 자영
업자들을 사지로 내모는 각종 반칙을 막아, 중산층과 서민을
보호하였다.

집값, 전셋값 부담을 줄여 은행의 가계부채를 줄였다. 이미

쌓여있는 가계부채를 해소하고, 앞으로 결혼하는 청년세대에게 집을 구할 수 있도록 하였다.

　복지체계도 더 촘촘해졌다. 그것이 복지이다. 더 중요한 것은 돈을 효율적으로 쓰는 것이다. 국민의 피와 땀인 세금은 일자리, 건강, 교육, 문화, 체육 등 여러 분야에 골고루 효율적으로 쓰이도록 하였다. 이러한 인프라를 구축하는 데 재정이 많이 들어, 일정한 증세를 하였다. 동시에 전반적인 세금체계도 다시 들여다보고 계층 간, 소득 간 균형을 조정하였다.

5.
제21대 대통령선거
기호 1번 후보 출마

2026년 8월 15일 안철수 대표가 광주의 한 식당에서 열린 광주, 전남 지역기자단 오찬에서 국민의 삶을 바꾸고 시대를 바꾸라는 명령을, 국민의당을 중심으로 정권을 교체하라는 명령을 반드시 이룰 것을 선포하며 대권 도전을 선언하였다.

안철수 국민의당 대표는 이날 출마선언식에서 "5년마다 반복되는 악순환에서 탈출하기 위해 '판을 갈아야 할 때'"라며 "이제는 더 늦기 전에 산업화 시대, 민주화 시대를 넘어 선진화 시대로 나아가는 '시대 교체'를 해야 한다"고 출사표를 던졌다.

안철수 대표는 현 정권을 비판하며 "공정과 상식이 오히려 무너졌다"고 비판했다. 또 "청년들은 희망을 잃은 지 오래고,

대한민국 출산시계는 사실상 멈춰 섰다"고 덧붙였다.

그러면서 "현 정권은 경제무능, 안보무능, 외교무능에다가 권력 사유화를 통해 내 편 지키기, 내 편만 살찌우기에 몰입했다"며 "정권에 기생하는 소수의 권력자만 배 불리는 부패한 정권, 표를 얻는 데만 모든 정책이 집중된 선동가들의 정권, 거짓이 밝혀져도 눈 하나 깜짝 않고 오히려 호통을 치는 몰염치한 정권"이라고 힘줘 말했다.

야권의 타 후보에 대해선 '놈놈놈 대선'이라며 "나쁜 놈, 이상한 놈, 추한 놈만 있다"고 비판했다.

이어 "능력도 도덕성도 국민 눈높이에 한참 못 미친다"며 "야당 후보는 부동산 부패 카르텔의 범죄를 설계해서 천문학적인 부당 이익을 나눠 가지게 해놓고 뻔뻔하게 거짓을 늘어 논다"고 비판했다.

또 "여당 후보들은 새로운 시대를 맞이할 비전은 제시하지도 못한 채 막말 경쟁으로 국민들을 절망케 하고 있다"고 말했다.

안 대표는 정치 14년을 뒤돌아보며 "국민들께서 저 안철수에게 바란 것은 안철수의 옷을 입고 안철수답게 정치를 하라는 것이었는데, 저는 여의도 정치의 옷을 입어야 되는 줄 알았다"고 자성의 목소리를 냈다.

그러면서 "정치인으로 국가의 권력을 획득해 왕처럼 나라를 다스리기 위해서가 아니다"며 "더 좋은 대한민국을 만들기 위한 전략적 마인드를 가진 '국가 경영인'으로 나서겠다"고 밝혔다.

안 대표가 구상한 국가 비전은 '과학기술중심국가' 건설이었다.

안 대표는 "과감한 정부 조직 개편과 함께 과학기술부총리직을 만들어 과학기술중심국가 체제로 전환하겠다"며 "첨단 과학과 첨단 기술의 힘으로 국가 성장 동력과 미래 먹거리 문제를 해결하는 대통령이 되겠다"고 밝혔다.

또 '제왕적 대통령'이 아니라 '전략적 대통령'이 되겠다며 "대통령실은 반으로 줄이고, 책임 총리, 책임 장관들이 권한과 책임을 갖고 국정운영의 중심에 서도록 하겠다"고 말했다.

그러면서 "독선과 아집의 국정운영 행태를 버리고 약속을 지키는 대통령과 책임을 지는 정치를 정착시키는 계기가 될 것"이라고 강조했다.

6.
안철수가
대통령이 되어야 하는
10가지 이유

1. 깨끗하고 정직한 정치인

2. 능력 있는 경영인

3. 산전수전 다 겪은 베테랑

4. 국제적인 정치인

5. 노블레스 오블리주 실천하는 정치인

6. 국민을 위해 목숨을 거는 정치인

7. 부산 사나이이자 호남의 사위

8. 과학기술인 정치인

9. 마라톤 하는 정치인

10. 비법조인 정치인

깨끗하고 정직한 정치인

안철수는 국민들이 그동안 보아왔던 정치인들과는 비교가 안 되게 깨끗하고 정직한 정치인이다.

정계 입문 이전부터 부모님 말씀 잘 듣고, 공부 잘하여 우리나라에서 들어가기 가장 힘들다는 서울대학교 의과대학에 입학하였고, 군대도 빼먹지 않고 군의관으로 해군에서 복무하였다.

사회에 나와서도 단국대학교 병원에서 최연소 학과장을 하였고, V3 컴퓨터 바이러스 백신을 개발하여 국가의 기간산업으로 육성하였고, 안랩을 창업하여 세계적인 기업으로 키우는 성공적인 경영을 하였다.

한마디로 깨끗하고 정직하게 인생을 살아온 안철수의 뛰어난 실적과 도덕성 등으로 '젊은이들이 가장 존경하며 닮고 싶은 리더십의 소유자라고 알려졌기에 정치권에서 그의 이미지를 사기 위해 국회의원이나 장관직 제의가 끊임없이 들어오지만, 그때마다 끊임없이 고사한다고 했다고 한다.

참여정부 시절 정보통신부 장관직을 제의받았고, 2006년 지방선거에서 한나라당으로부터 서울시장 후보직을 제의받는 등 여야 모두로부터 정계 입문 권유를 받았으나 모두 거절하였다.

정계 입문 이후에도 깨끗하고 정직한 정치인이라는 이미지는 10년 동안 한결같이 유지하고 있는데, 빚진 게 없이 시작한 정치인으로 아직도 빚이 없다. 그러다 보니 기존 정치인들이 당연히 먹을 게 있을 거라고 왔다가 오히려 실망하고, 안철수 곁을 떠나면서 시끄럽게 떠들고 다니며 험담하는 이유가 되었다.

기존 정치인들이 뭐라 험담하든, 국민들 입장에서는 당연히 깨끗하고 정직한 정치인인 안철수가 대통령이 되어야 한다. 왜냐하면, 국민들은 깨끗하고 정직한 사람이 성실하게 노력하면 사다리를 오를 수 있는 나라를 만들기 원하기 때문이다.

능력 있는 경영인

안철수는 우리나라를 바르고 깨끗한 과학 경제 강국으로 만들려고 한다.

안철수는 이러한 목표를 달성시킬 수 있는 뛰어난 능력의 경영인 출신 정치인이다. 안철수는 V3 컴퓨터 바이러스 백신을 개발하여 국가의 기간산업으로 육성하였고, 안랩을 창업하여 세계적인 기업으로 성장시키는 성공적인 경영을 하였다.

미국의 컴퓨터 바이러스 백신 전문회사인 맥아피가 백억 원대의 인수 제안을 했을 때 우리나라 경제가 가장 힘들었던 IMF 시절임에도 불구하고 안철수는 컴퓨터 백신과 컴퓨터 보안은 국가의 기간사업과 같은 것이니까 넘길 수 없다고 거절하였다고 한다.

본인이 학구열에 불타 미국 유학을 해가면서 미국 펜실베이니아 대학교에서 EMTM, 펜실베이니아 대학교 와튼비즈니스 스쿨에서 EMBA를 취득하면서 경영지식을 습득했다.

그리고 귀국 후 카이스트 경영과학과 석좌교수에 임용됐다. 처음 1년간은 주로 학부 학생들을 가르치다 그다음 해부터는 대학원생들을 가르쳤다. 학부생을 가르칠 때의 수업인 '기업가적인 사고방식'은 명강의로 소문이 자자했다. 수업 자료로 하버드 비즈니스 리뷰 케이스들을 사용했다고 한다.

이 정도 경영 경험과 경영 지식을 가지고 있는 대통령이 있으면 나와보라고 해라. 안철수는 우리나라를 바르고 깨끗한 과학 경제 강국으로 만들 수 있는 충분한 역량을 지니고 있는 후보이다. 국민들 입장에서는 당연히 능력 있는 경영인 출신 정치인인 안철수가 대통령이 되어야 한다고 생각한다.

산전수전 다 겪은 베테랑

정치를 시작한 지 어언 10년 차인 안철수는 이 방면에서 산전수전 다 겪은 경륜 있고 원숙한 베테랑 정치인이다.

지난 10년간 신당을 3번 창당하였고, 2번의 합당을 하면서 지나온 모든 정당에서 당 대표를 역임하였다. 국민의힘 빼고.

안철수는 3번의 대통령선거, 3번의 국회의원 선거, 2번의 지방선거를 치른 한마디로 역전의 용사이다. 모든 전투를 다 이기지는 못했지만 "이기고 지는 것은 병가지상사(勝敗兵家之常事)"이다. 이기고 지는 것은 전투에서 흔히 있는 일이라는 것이다. 전투에서 지고 싶어 하는 사람은 아무도 없다. 최선의 노력을 다했지만 전투에서 질 수가 있다. 하지만 거기에서 물러서는 사람과 다시 전열을 가다듬고 다시 도전하는 사람의 차

이는 분명 존재할 것이다.

안철수는 최후의 차기 대통령선거에서 승리하기 위해 오늘도 전열을 가다듬고 다시 도전하려고 한다.

지금 정치를 한 번도 안 해본 초짜에게 우리나라 대통령을 맡겨서 국민들의 삶이 나아지셨습니까? 제대로 밤잠을 이루고 계십니까? 그래도 다시 한 번 더 정치를 한 번도 안 해본 초짜에게 우리나라 대통령을 맡길 것입니까?

국민들 입장에서는 당연히 산전수전 다 겪은 베테랑 정치인인 안철수가 대통령이 되어야 한다고 생각한다.

국제적인 정치인

안철수는 급변하는 국제정세에 능동적으로 대응할 수 있는 역량을 갖춘 국제적인 정치인이다.

본인이 미국 유학을 통해 펜실베이니아 대학교에서 EMTM, 펜실베이니아 대학교 와튼비즈니스스쿨에서 EMBA를 취득하면서 얻은 국제적인 네트워크뿐만 아니라, 세계적으로 유명한 안랩을 키운 벤처 경영인으로서 국제적인 네트워크를 가지고 있는 것은 국민들은 다 알고 있는 사실이다.

안철수는 2002년부터 세계경제포럼이 주최하는 다보스포럼에 참석하고 있어, 인류에 위협이 되는 주요 문제들에 대해 각국의 경제, 정부, 정치, 민간단체들의 지도자들과 함께 고민하고 토론하고 있다.

거기다가 세계 대통령이라 불리는 조 바이든 미국 대통령과의 개인적인 친분뿐만이 아니라, 각국 정상들과 어깨를 나란히 할 언어 소통 등 충분한 국제적인 정치인 역량을 갖추고 있다.

항상 대통령이 외국 순방으로 나갈 때마다 또 대통령이 실수를 하지 않을까 하면서 마음 졸이고 보고 있는 국민들은 우리나라 국격을 높여주는 국제적인 정치인의 필요성을 절감하고 있을 것이다.

앞으로 다가오는 대선 토론에서 영어로 자유 토론하는 시간을 꼭 갖도록 국민들이 요구하여야 한다. 이제 프랑스, 일본을 제치고 세계 국력 순위 6위를 차지한 대한민국의 국민들은 당연히 이에 걸맞는 국제적인 정치인인 안철수가 대통령이 되어야 한다고 생각한다.

노블레스 오블리주 실천하는 정치인

안철수는 노블레스 오블리주(Noblesse Oblige)를 실천하는 정치인이다.

노블레스 오블리주는 높은 사회적 신분에 상응하는 도덕적 의무를 뜻하는 말이다. 초기 로마 시대에 왕과 귀족들이 보여준 투철한 도덕의식과 솔선수범하는 공공정신에서 비롯되었다. 근대와 현대에 이르러서도 이러한 도덕의식은 계층 간 대립을 해결할 수 있는 최고의 수단으로 여겨져 왔다.

안철수는 정계 입문하기 전부터 자신이 보유한 안랩 보유 주식 절반(약 1,500억 가치)을 사회에 환원하였다. 더불어 희망을 품고 살아가는 사회를 꿈꾸며 오랫동안 마음속에 품고 있던 작은 결심 하나를 실천에 옮긴 안철수이다.

안철수는 정치 시작 전부터 노블레스 오블리주를 실천하였고, 대통령에 당선되면 나머지 전 재산도 사회에 기부한다고 선언하였다.

특히 사회에서 상대적으로 더 많은 혜택을 받은 입장에서, 앞장서서 공동체를 위해 공헌하는 이른바 '노블레스 오블리주'가 필요할 때가 아닌가 생각된다. 실의와 좌절에 빠진 젊은이들을 향한 진심 어린 위로도 필요하고 대책을 논의하는 것도 중요하지만, 공동체의 상생을 위해 작은 실천을 하는 것이야말로 지금 이 시점에서 가장 절실하게 요구되는 덕목이다.

국민들은 이러한 노블레스 오블리주를 한 번이라도 실천하기는커녕 자기 재산을 불리기 위해 지역 토착비리를 저지른 의혹이 있는 정치인이 대통령이 되길 원하는가? 국민들은 당연히 노블레스 오블리주(Noblesse Oblige)를 실천하는 정치인인 안철수가 대통령이 되어야 한다고 생각한다.

국민을 위해 목숨을 거는 정치인

　　　　　안철수는 국민의 생명을 구하기 위해 목숨을 거는 정치인이다.

2020년 대구에 처음으로 코로나19 바이러스가 창궐할 때 안철수는 부인 김미경 여사와 함께 자원봉사 의료인으로 대구 동산병원에 내려가 의료봉사를 하였다.

그 당시 사회 분위기는 처음 대구지역에서 창궐한 코로나19 바이러스는 치명률이 높고 전파성이 높아 대구지역을 아예 봉쇄하자는 의견이 나왔고, 대구 사람들이 서울로 올라오면 기겁을 하고 피하기 급급한 상황이었다는 것을 잘 알고 있을 것이다.

그 당시 대구 시민들은 전쟁 난 것처럼 공포에 절어 꼼짝도 못 하여 대구 시내가 텅 비었고, 마스크를 구하려는 시민들만이 대형마트 앞에서 줄을 지어 서있었다. 그때 집권당인 더불어민주당은 대구가 어려움에 처하자 기다렸다는 듯이 대구 봉쇄를 외치었다고 한다.

그럼에도 불구하고 안철수가 한 명의 국민이라도 살리려고 목숨을 걸고 대구 동산병원으로 내려가 의료봉사를 한 것은 숭고하기까지 하다.

이러한 안철수가 우리나라 대통령이 되면 우크라이나 젤린스키 대통령보다 더 국민의 생명을 구하기 위해 자기 목숨을 걸 것이다.

그때 대통령과 다른 정치인들은 뭐하고 있었나? 그것이 알고 싶다. 대구 국민들을 만나지도 않으려고 피하고 숨지 않았는지 자문해 보기 바란다.

국민들은 당연히 국민의 생명을 구하기 위해 목숨 거는 정치인인 안철수가 대통령이 되어야 한다고 생각한다.

부산 사나이이자 호남의 사위

안철수는 '뼛속 깊이 부산 사람'인 정치인이다.

안철수는 부산직할시가 고향이다. 지난 대통령 선거유세에서 부산·울산·경남 유세 때 "서울에서, 중앙에서 정치하면서도 부산을 한 번도 잊은 적이 없다"며 부산 출신임을 내내 강조했다. 부산진구 부전시장 유세에서 안 후보에게 마이크를 넘겨받은 부인 김미경 씨는 "지난 10년 동안 많은 어려움과 실패를 겪으면서 안철수 후보는 굉장히 단단해졌다. 이제 준비돼 있다. 여러분이 안철수를 선택하시면 선한 사람들의 정치, 그것이 시작되는 것"이라고 강조했다.

이번 국민의힘 제3차 전당대회 부산·울산·경남 합동유세 때에도 "부산의 아들, 부산 사나이 안철수"라며 "대통령직 인수위원장으로 2030 부산월드엑스포를 국정과제에 포함시킨

것도 저"라고 부산 출신임을 내세웠다.

2023년 3월 8일 국민의힘 전당대회 때 애창곡 부르기에 걸렸을 때 「부산 갈매기」 노래를 부른 적이 있다. "부산 갈매기~ 부산 갈매기~ 너는 정녕 나를 잊었나~." 「부산 갈매기」 노래를 부르는 안철수는 영남에서 안철수 노래 바람이 불게 할 수 있다.

그리고 안철수는 호남의 적자는 아니지만 호남의 사위 정치인이다. 그의 부인 김미경 서울대 교수가 순천 출신이고, 그의 장인 장모가 순천에 거주하고 있으니 오리지널 호남 사위다.

그래서 지난 제20대 대통령 선거유세에서 나란히 유세 차량에 오른 안 후보 부부 가운데 먼저 마이크를 잡은 것은 부인 김미경 씨였다. 김 씨는 "(안 후보가) 대통령이 되면 대한민국 전체를 살펴서 가장 유능한 인재만 모아 가장 스마트한 정부를 만들 것이다. (이 나라가) 반으로 더 이상 나뉘지 않을 것입니다."라고 남편 안 후보를 소개한 뒤, 안 후보에게 마이크를 건넸다.

김 씨가 호남 지역 유세 전면에 나서 "호남의 사위, 안철수를 선택해 달라"고 목소리를 높이고 있는 것이다. 김 씨는 이후 순천 아랫장 유세와 여수 이순신광장 유세, 다음 날 전북 고창 유세 때도 안 후보보다 먼저 마이크를 잡으며, 친정 유권자들에게 안 후보를 직접 소개하는 역할을 맡았다. 또 '호남 붙박이'가 되어 안 후보의 일정과 별개로 호남 지역에서 홀로 지원 유세를 펼쳤다.

사실 호남 지역은 안철수의 정치적 고향이기도 하다. 박지원 등 호남 정치인들과 연합한 국민의당은 2016년 제20대 국회의원 선거에서 호남은 28석 중 23석을 얻어내며 말 그대로 싹쓸이했고, 비례대표 지지율도 더불어민주당을 제치고 2위다. 결국, 총 38석을 얻어내며 명실상부 제3당이 되었다. 한마디로 안풍(安風)이 호남에서 분 것이다.

이후 박지원 등 호남 지역 정치인들과 갈등으로 분열하여 영남지역의 유승민의 바른정당과 합당으로 호남에서의 영향력이 사라졌지만, 국민의힘의 불모지에서 국민의힘으로 다시 안풍(安風)이 불게 할 수 있다.

국민들은 영남과 호남에 편중된 반쪽 정권보다는 전국적으로 고르게 득표하여 통합을 이루는 대통령을 선호할 수밖에 없다. 국민들은 당연히 안철수만이 전국적으로 고르게 득표하여 통합정부를 구성할 수 있는 대통령이라고 생각한다.

과학기술인 정치인

안철수는 과학기술인 출신 정치인이다.

지금은 4차 산업혁명 시대이다. 안철수는 4차 산업혁명을 '융합과학의 시대'로 정의하며 "정치·법이 미래를 준비하는 나라가 세계를 선도할 수 있다"고 말했다.

우리나라가 향후 20년간 먹고 살 수 있는 7대 초격차 기술 확보 중요성도 강조했다. 우리나라가 앞으로 20년을 먹고 살 수 있는 초격차 기술 후보로는 ▲디스플레이 ▲2차 전지 ▲원자력발전소(원전) ▲수소산업 ▲바이오 ▲AI 반도체 ▲콘텐츠 등 7가지를 들었다.

안철수는 "과학기술은 경제이고 안보"라며 "우리나라도 생존하기 위해서는 초격차 기술을 확보해 미국도 우리를 필요로 하고, 중국도 우리를 필요로 하는 나라가 돼야 한다"고 말했다. 지금 세계는 과학기술 패권전쟁에 돌입했다. 과학기술 패권전쟁에서 과학기술은 나라가 죽고 사는 안보 문제이다.

안철수는 "법은 지금까지는 과거를 주로 다뤘는데, 이제는 정치나 법이 미래의 방향을 알아서 미리 준비하는 나라만 세계를 선도할 수 있다" 이어 "국회에서도 과거만 바라보고 미래를 바라보는 법에 관심 있는 사람이 거의 없다는 것이 국가 운명을 굉장히 암울하게 만든다"고 지적했다.

문재인 정권 청산 등 과거가 아니고, 이렇게 4차 산업혁명 등 미래를 바라보고 준비하는 차기 대권 주자가 또 있는가? 안철수 빼고는 아무도 없다는 것을 국민들은 다 알고 있다.

국민들은 당연히 우리나라의 경제와 안보를 책임지는 과학기술인 출신 정치인인 안철수가 대통령이 되어야 한다고 생각한다.

마라톤 하는 정치인

안철수는 마라톤 하는 정치인이다.

42.195km를 쉼 없이 달려야 하는 마라톤. 안철수는 왜 이 렇게 힘든 마라톤을 하는 걸까? 보통 남자들은 얼마나 많은 사람을 이길 수 있는지 알아보려고 마라톤을 한다고 한다. 그 는 정치적 어려움에 봉착할 때마다 마라톤을 시작하고 바람을 일으키고 있었다.

안철수는 달리기할 때 "오롯이 '인간 안철수'가 된다"며 달리 기에 애정을 드러냈다. 잠시 정치를 벗어나 있었던 때 독일에 서 어느 새벽 혼자 달리기를 하러 나간다는 딸이 걱정돼 함께 뛰기 시작한 것이 계기였다고. 이제는 '국토 종주 마라톤 완주' 도 가능한 프로 마라토너가 되었다고 한다.

안철수는 2020년 총선 유세 때 마라톤 유세를 했다고 한다. 비례대표는 선거 벽보로 선거 유세를 할 수 없기 때문에 "할 수 있는 것이 마라톤밖에 없다"고 했다. 안은 그 당시 400㎞ 국토 종주에 나섰다. 총선을 코앞에 두고 마라톤 국토 종주를 하는 당 대표는 그가 처음이었다고 한다.

영화 「포레스트 검프」에서 주인공이 전국을 마라톤 종주하며 바람을 일으켰던 것처럼, 그가 마라톤 전국 종주로 당 지지율을 끌어올려 결국 비례대표 3명을 당선시켰다.

안철수는 국민의힘 당 대표 선거에서 패배하자마자 이번에도 동아마라톤에 출전했다. 다시 마라톤으로 안풍(安風)을 일으키려는 것이다. 이번 동아마라톤 출전이 그의 최종 목표인 대통령이 되기 위함은 국민들은 다 알고 있다.

사실 국정(國政)도 마라톤만큼 힘든 게 사실이다. 5천만 국민을 책임지는 대통령은 5년 임기 동안 쉼 없이 달려야 한다. 그런데 이렇게 힘든 마라톤을 할 수 있는 차기 대권 주자가 누가 있을까? 답은 안철수뿐이다.

국민들은 당연히 국민들을 위해 쉼 없이 달리겠다는 것을 마라톤으로 보여주는 안철수를 차기 대통령으로 뽑지 않을 수 없을 것이다.

비법조인 정치인

안철수는 법조인이 아니다. 비법조인 출신 정치인이다.

법조인은 법률가(法律家)로서 일반적으로 법률을 적용하는 법률 업무 종사자를 말한다. 판사, 검사, 변호사가 그들이다.

법조인들이 정치판에 들어와서 설치기 시작한 것은 노무현 전 대통령 때부터인 것 같다. 법조인 출신 정치인들이 법률지식을 동원하여 선거법, 명예훼손, 무고 등으로 고소 고발을 남발하면서 소송으로 정적들을 하나하나 제거해 나가기 시작했다.

이후 문재인 전 대통령, 현재 윤석열 대통령도 법조인 출신 정치인이다. 이번 국민의힘 전당대회에서 당 대표 후보 중 김기현, 천하람, 황교안 후보가 다 법조인 출신 정치인이다. 더불어민주당의 전과 4범 이재명 대표도 법조인 출신 정치인이다. 세상을 시끄럽게 만드는 장본인들이다.

법조인 출신 정치인은 평생 사기꾼이나 범죄자들을 상대하여 일반 국민들을 잘 알지 못한다. 세상 물정에도 어둡고, 경제가 어떻게 돌아가는지도 모른다. 법조인 출신 정치인들은 자신들이 잘 아는 방식으로 고소 고발을 남발하여 분쟁을 일으켜서 세상이 조용할 날이 없다.

국민들은 정치인들이 정치적으로 문제를 해결하기를 바라고

있다. 즉, 민주적 방법으로 결정하는 토론과 대화, 설득과 타협의 모습을 보여줘야 한다. '정치의 사법화'에 반대하고 있다. '정치의 사법화'는 민주주의의 가장 큰 원칙인 '삼권분립'에도 어긋난 엄청난 문제를 야기하고 있다. 국가의 의사결정을 법률 전문가 집단이 주도하는 사법통치체제(Juristocracy)의 예고편이 '정치의 사법화'다.

국민들은 법조인 출신 정치인들에게 넌더리를 내고 있고, 이번에는 반드시 안철수 같은 비법조인 정치인이 대통령이 되어야 한다고 생각하고 있다.

7.
안철수 제21대 대통령 당선

이후 자신의 선거 캠프인 희망캠프를 조직해 국민의당 대통령 후보 경선에 참여하여 2026년 11월 5일 국민의당 전당대회에서 국민의당 제21대 대통령 후보로 선출되었다. 국민의당이 제1당이 되었으므로, 안철수는 꿈에 그리던 '기호 1번' 대통령 후보가 된 것이다. 이것으로 본인의 마지막 공직선거를 국민의당 대통령 후보로서 제21대 대통령선거를 치르게 되었다.

2027년 3월 3일에 실시된 제21대 대통령선거에서 역대 대선 최다 득표를 받아 기호 2번 더불어민주당 이재명 후보를 압도적인 역대 대선 최다 득표율 차로 꺾고 마지막 공직선거 출마에 결과적으로 대통령으로 당선되는 기록을 세우게 되었다.

그동안 박원순, 문재인, 오세훈, 윤석열한테 양보한 표를 이

자 쳐서 다 돌려받은 것 아니냐는 의심을 살 정도이었다. 하늘의 그물은 가없이 넓어, 성긴 듯 보이지만 그 무엇도 새어 나갈 수가 없다는 말처럼 천심은 하나도 빠뜨리지 않고 다 세고 있다고 한다.

2027년 5월 10일 대한민국의 제21대 대통령으로 취임하였으며, 2032년 5월 9일까지 대통령으로서 직무를 수행할 예정이다.

대한민국의 대통령으로서 안보와 통일, 외교에 관해서는 원칙이 분명하다. 튼튼한 안보의 바탕 위에 사건이 아닌 과정으로서의 통일을 추구한다. 한·미동맹의 기반을 튼튼히 하면서, 남북관계를 주도적으로 풀어가야 한다. 북한 핵 문제는 물론 어떤 종류의 무력도발도 결코 용납될 수 없다. 한편 교류 협력에 대해서는 유연함을 잃지 않는다. 어떤 형태로든 남북관계를 개선시키는 것이 단절되어 있는 것보다는 낫다는 인식을 할 필요가 있다. 통일의 전제는 평화 관리이며 교류협력의 전면화라는 점을 잊어서는 안 된다.

한·미동맹의 기반 위에 글로벌 외교를 펼쳐야 한다. 특히,

중국과 관계를 돈독히 하는 것이 중요하다. 일본, 러시아도 동북아 평화 질서를 위해 긴밀하게 협력해야 한다. 이를 위해 가장 중요한 것은 유연하되 확고한 우리의 중심전략이다.

우리나라 국민들은 안철수 대통령의 안보와 통일, 외교를 믿고 부강한 과학기술 중심국가에서 행복하게 살았다고 한다.